樱花魔法，人鱼之恋

CHERRY BLOSSOM MAGIC, MERMAID LOVE

凉桃 著

R 天津出版传媒集团

天津人民出版社

图书在版编目（ＣＩＰ）数据

　　樱花魔法，人鱼之恋 / 凉桃著. -- 天津 ：天津人民出版社，2015.7（2020.3重印）
　　ISBN 978-7-201-09434-2-01

　　Ⅰ．①致… Ⅱ．①安… Ⅲ.①中篇小说－小说集－中国－当代 Ⅳ．①I247.5

　　中国版本图书馆CIP数据核字(2015)第128982号

樱花魔法，人鱼之恋

YINGHUA MOFA,RENYU ZHI LIAN

凉桃 著

出　　版	天津人民出版社
出 版 人	刘　庆
地　　址	天津市和平区西康路35号康岳大厦
邮政编码	300051
邮购电话	（022）23332469
网　　址	http：//www.tjrmcbs.com
电子信箱	reader@tjrmcbs.com
责任编辑	玮丽斯
装帧设计	胡万莲 芬　子 杨思慧
制版印刷	三河市华东印刷有限公司印刷
经　　销	新华书店
开　　本	660毫米×960毫米　1/16
印　　张	16
字　　数	159千字
版权印次	2015年7月第1版　2020年3月第2次印刷
定　　价	42.80元

目录

C O N T E N T S

CHERRY
BLOSSOM
MAGIC,
M E R M A I D   L O V E

:目 录

C O N T E N T S

CHERRY
BLOSSOM
MAGIC.

M E R M A I D   L O V E

乘着月色来为你实现愿望 楔子

那是一片神秘的海洋。

铺开世界地图，将视线移动到东海与南海交界的地方，那里有一个小小的月牙似的海湾，若是精确度小些的地图，是找不到这片海域的。

或者找到了，也不会有人去注意这个地方，因为它实在太不起眼了。

然而更加让人无法记住这个地方的原因，是因为渔夫的船无法靠近这片海域。

无论是晴天还是阴天，是白昼还是黑夜，这片海域的周围都笼罩着一层浓浓的白雾。

这种地方很不适合渔民进入，稍不小心，就会迷失在这片广袤的海洋。

只有一群特殊的居民知道这里的美丽，那是住在深海里的神秘种族。

夜晚的海面，没有风，月光从白纱似的雾气中洒下来，在靠近浅海区的一处堤岸边上，有一片天然生长的樱花林。

是樱花盛开的时节，层层叠叠的枝丫密密层层，云遮雾绕一般像要开到天边。

月夜下的樱花，轻轻滑落枝头，飘在宁静的海面，镜花水月一般，美得似置身幻境。

忽然，一声极其细微的水声，自一株半垂在水面上的樱花树下传来。

那是一只柔美纤细的手，宛如艺术家用最细致的白瓷铸造而成。

紧跟着，那只手的主人从月色迷蒙的海面浮现。

她有一头海藻一般浓密的头发，看不出有多长，白皙的脸上，是极为忧郁的双眼，剔透的琉璃一般，闪着幽蓝色的光。

她一半身子露出水面，半倚着岸堤，樱花落在她的发上，长长的发丝包裹着她的上半身，最后消失在海面。

她的怀里抱着一个四五岁的孩子。孩子的五官漂亮得有些夸张，像是上帝将这个世界上全部的美丽都给了他一般，比这个花一样的女人还要好看。

但他似乎很脆弱，白到近乎透明的脸上，有一丝虚弱的青色。他好像很疲惫地陷入了漫长的沉睡，怎么叫都叫不醒。

"叮当——"一声若有似无的铃铛声从樱花深处传出。

女人忧郁的眼神中，浮现出一抹希望之光，她望着那边有些紧张，因为紧张而发抖。

"叮当——"铃铛声越来越清晰，这宁静的夜晚，似乎一下子变得热闹起来。

终于，密密交错的樱花树枝颤动起来，跟着一串细微的脚步声，传入了那个女人的耳朵里。

从樱花树中走来的，是个小女孩。她看上去小小的，一头乌黑的头发

瀑布似的流到腰间。她有一双非常漂亮的大眼睛，可眼神却与她的年龄极为不符。她身上缺少了一份快乐，大大的眼睛，眼神甚至有些空洞，樱花一般美丽的唇倔强地抿着，表情有些漠然。

她穿着一件剪裁极为得体的小洋装，红色的系带小皮鞋，鞋面镶嵌着美丽的猫眼石，与她怀里抱着的那只猫的眼珠颜色近乎一样。

是的，这个看上去只有五岁的小女孩，她怀里抱着一只胖胖的狸花猫，猫的脖子上系着一串铃铛，刚刚的叮当声，就是从这串铃铛传出来的。

小女孩静静地站在女人面前，一言不发地看着她。

"你就是来替我实现愿望的人吗？"女人有些不确定，因为来的是这样小的一个孩子。

小女孩面无表情地点点头，她说："我听到你的愿望了，你想救你的孩子，让他远离这片海洋。"

"可以吗？"女人小心翼翼地问。

小女孩从口袋里掏出一只折叠得很整齐的手帕，手帕鼓鼓的，像是里面藏了什么东西一样。

她将手帕递过去，手帕上落了一朵樱花。

女人伸手接过来，再看了一眼才发现，那手帕上的樱花，不是真的樱花，而是绣上去的。

"这就是能够实现你愿望的东西。"小女孩轻声说着，抱着那只猫转身，重新走进樱花林中。

　　她无心去欣赏这醉人的美景，她穿过花海，走到了樱花林外。

　　那里站着许多黑西装的男人，每一个都冷峻无比，他们站得笔直，看到小女孩的时候，自动侧身让她往前走。

　　停在那些男人身后的，是一架私人飞机，机身印着一朵别致的樱花图案，与手帕上的花纹竟然一模一样。

　　小女孩抱着猫踩着台阶上了飞机，机舱里很温暖，柔和的灯光照在水晶的杯具器皿上，折射出晶莹剔透的白光。

　　"我以为你会多玩一会儿的。"在机舱里，深陷在真皮座椅里的，是个非常帅气的少年，他看上去有十四五岁的样子，气质十分优雅，像是从漫画书里走出来的男主角。

　　"没什么好玩的。"小女孩松手，那只猫灵活地落地，飞快地窝进它的专属猫窝。

　　"他们很美吧。"少年似乎感觉不到她的不耐烦，继续与她说话，"大概他们是这个世界上，最美丽的一个种族了。"

　　"我很困了。"小女孩在沙发上躺下，立刻有人拿着小毯子替她盖上，她闭上眼睛，显然不打算继续说话。

　　少年无奈地笑了笑，他抿了一口茶，将杯子放在手边："真是个不可爱的小孩。"

　　飞机划破夜空，一阵喧闹之后，重新将安宁归还给这片神秘的海域。

　　女人抱着那个还在沉睡的孩子，她手里的手帕已经被打开了，那里放着一颗美丽的灵石，在朦胧的月色下，散发出淡淡的光晕。

她仰着头，看着飞机消失在云团尽头。

那孩子，怎么会那么孤单呢？

她明明做着这个世界上最幸福快乐的事情，她能够帮人实现愿望，可是她自己的快乐，消失在了什么地方呢？

CHAPTER

挣脱引线的木偶娃娃 | 第一章

01

01

清晨，奶白色的雾气像一层浅浅的纱缦笼罩大地。

远处的山岚被隐藏在浓雾之中，近处的景色稍微好一些，可以隐约看见一点儿点儿绿，那是花园里的树木。而白色的栅栏、黑色的铁艺大门、高耸的路灯、整洁干净的青石小路，这些数十米之外的物体，全都不见了。

所以这种鬼天气并不适合出门，因为大雾会让人迷失方向，最终身陷于这片深山之中。而且，在这样厚重的雾气里走几步，雾水就会润透发丝、衣服，甚至是呼吸都会被水汽凝结。

聪明人不会在这种天气远行，这个常识我懂。

但我却一直在等着这场大雾的来临。

没错，我期待这样的天气。

我足足等了一个月，才等到了这场大雾的降临。

只有这种天气，适合离家出走。这种浓且厚的雾气，可见度不足两米，可以轻而易举地让人藏身其中。

我推开卧房的门，走廊里是深咖色地毯，墙壁上是浅金色的浮雕，玫瑰花的走廊灯是哥特复古风格的，与这栋欧式小楼融为一体。

顺着走廊往上走，有一扇门通向二楼的楼顶天台，平常天气晴朗的时候，东方夜会在这里喝杯咖啡看看风景，不过今天这种鬼天气，他肯定是没兴趣上天台来的。

打开天台的门，果然，天台上空荡荡的，没有人在。

"喵。"卡卡蹭过我的腿边走到天台边上，它静静地站在那里回头看着我，莹绿色的猫眼，一动不动。

"准备好了吗，卡卡？"我深吸一口气，往前走了一大步。

楼下是碧绿色的草坪，低矮的蔷薇丛后面是一条青石小路，只要穿过那条小路，就能去往外面的世界！

"喵……"卡卡蹲在我脚边，它与我一样，做出了准备跳跃的姿势。

"跳！"我低喝一声，纵身朝下跳去，五米的高度对我来说其实并不难，难的是落地不产生极大的声音。

因为一楼住着东方夜，那家伙的耳朵非常灵敏，一丁点的异响他都能捕捉到。

我落在草地上，就地一滚，飞快地藏进了蔷薇丛，蔷薇的刺，划破了我的手臂，殷红的血珠沁了出来。

我顾不得去处理伤口，从蔷薇丛里翻出我一早藏在这里的背包背在身上，这时候卡卡轻灵地落在我身边，它贴着我的脚边蹭了蹭，像是想要给我勇气。

"谁在外面？"我心里大叫不好，无论我刚刚怎么小心，还是发出了声音。

"跑！"我分开蔷薇花丛，飞快地跑了出去，青石小路上有红光感应器，我不小心碰到了，顿时一阵刺耳的警报声响了起来。

"站住！"身后传来东方夜气急败坏的声音，"东方樱语你想去哪里？我知道是你，你给我回来！"

我才不要回去！

我一咬牙，用更快的速度往前跑，近了，我已经看到紧闭着的铁艺大门了！

"拦住她，给我拦住她！"不用看也能想象出东方夜的表情是怎样的，那家伙平常总是一副从容不迫的样子，但其实他很容易被我惹怒。

前面走来好几个穿黑西装的保镖，这些人平日里负责保护我，现在他们都成了阻碍我离开的敌人。

"闪开！"我也是学过空手道的，身手并不差，加上他们也不敢弄伤我，所以我一个人对他们六七个人竟然还占了上风。

不过现在并不是为这种事高兴的时候，我看准机会朝着大门冲去，首先将背包丢出去，然后灵活地翻过大门，卡卡从大门下面的缝隙里优雅从容地走出来，与那只猫一比较，我就显得有些狼狈了。

"快跑！"我给卡卡下了个命令，撒腿就跑，我能从这里逃出去的机会，只有这一次，这种罕见的大雾天气，近期内是不会再光顾这片荒无人烟的山林了！

我带着卡卡一口气钻入了山林，只要离开这里，他们就找不到我了，那样我就自由了。

头顶传来螺旋机的声音，好多人的脚步声隐隐约约传入耳中，嘈杂并且急促。

"往东走。"身边的一棵老松树轻声对我说，"东边没追兵。"

"谢谢。"我道了声谢，朝松树指给我的方向跑。

不要觉得奇怪，我从出生起，就可以听得懂周围花草树木的声音，它们能与我交谈。我五岁那年，爷爷告诉我，我的身体里，流淌着百花一族的血脉。

不只是我，东方家每一个人都是一样的，只是能够拥有与花草树木交流能力的，很少很少。这个能力，只有东方家族的女孩才有，但东方家已经连续三代没有女孩子出生了。

我是三代以来，唯一一个女孩子。大概是因为女孩子太稀少，所以老天爷没有吝啬地将这个能力赋予了我。

"往南，一直朝南，那里有下山的路。"一株碧绿的藤蔓提醒我。

"谢谢了！"我一边说着谢谢，一边招呼卡卡从岔路口往南走。

卡卡是我从小养到大的猫，与其说是猫，倒不如说是我的帮手，更多的时候，我将它当成我的亲人看待。

"要冲了哦，卡卡！"我已经看到隐在雾水中的出口了，只要穿过那里，我就可以摆脱东方家了！

"喵……"卡卡回应我一声低鸣，它与我一起，朝着出口的方向奔跑

而去。

我回头看了一眼，身后的景色当然是看不清的，大雾成了最好的掩护，让我终于逃离了那座精美绝伦的牢笼。

从今天起，我不用束缚在那个地方，被强迫着做我一点儿都不喜欢做的事情！

我，东方樱语，傀儡娃娃般生活了十八年后，终于自由了。

02

这是一栋造型奇特的建筑物，大概五十多米高，像一颗竖着放的巨型鸭蛋，表层是透明的有机玻璃。这种玻璃，从外面看，只能看到自己的倒影，并不能看见里面的事物。正午的阳光照上去，周遭的影像随着光影而动，有种光怪陆离的神秘感。

巨型鸭蛋建筑物的边上，有一栋独立的高楼，那楼并不特别，就像随处可见的筒子楼一样，只有边上奇怪建筑物一半的高度。

而环绕在这两栋建筑物四周的，是郁郁葱葱的花草树木，一条两米多宽的沥青路从中穿过，一直通往那两栋建筑物前面的圆形广场。

广场中央竖立着一座雕像，雕像的造型是一个美丽的天使，她闭着双眼，双手高高举过头顶，手里捧着的是一朵玫瑰花。

现在已经是九月份，距离我从那座牢笼一般的别墅里逃出来，已经过了几个月了。

这段时间里，我带着卡卡穿越了很多城市，那些家伙简直比苍蝇还烦人，要不是找到了这个地方，大概我还得继续满世界地跑。

倒不是说我的逃跑路线会留下什么破绽，让人轻而易举就能找到我。

他们之所以总能轻而易举定位我的位置，全是拜我身体里流动着的血液所赐。

东方家族的血液，对天然水晶有反应。我的血液又与他们有些不同，我血液里的力量处于苏醒状态，用最纯洁的水晶，可以感应出我所在的位置。

打个最形象的比方，我就像是被人装了追踪器，无论跑去哪里，都会在显示屏上，以红点的形式泄露位置。

而这个地方被人设置过结界，可以屏蔽一切感应，也正是因为这个结界的存在，我才能在这里喘口气。

而告诉我这个地方的，是长在这座城市郊外的一棵古老樱花树，我让卡卡帮它抓掉了一只啃咬它的大虫子，作为答谢我的谢礼，它将这个地方告诉了我。

这栋像鸭蛋一样的建筑物，建在城市的中心，四面八方都是繁华的闹市区，但这里却是最为安静的区域。

当然住进来费了我一点儿心思，还好从东方家族溜出来之前，我早就将属于我的那一份财产转移到安全的地方，经过一番交涉后，才在这里弄了一套公寓栖身。

也是那时候我才知道，这栋大楼有个名字，叫薇雅，据说是因为大楼

的设计者叫这个名字，可惜大楼竣工那天，她不幸去世，所以以她的名字命名，也是为了纪念她。

我对名称一点儿都不关心，我只关心这里是不是真的能够阻挡住东方家的追踪。

在这里安然无恙住了一个月之后，我知道樱花树没有说谎，一个月这么长的时间，足够东方家的人从世界上任何地方找来这里了。

他们没来，说明他们无法感应我在这里，除了这个之外，我想不到其他理由。

但我很好奇，是谁在这里设置的结界？

这些天据我观察，这里汇聚了好些人家的少爷千金，能住进来的，身份都不简单，可是结界对于一般人来说，并没有任何意义，这些人住在这里，会需要结界的保护吗？

还是说，这里有跟我一样的特殊能力者呢？

我一边胡思乱想，一边拎着卡卡走进大楼，点开电梯，按下二十六楼的按钮。

"拜托帮帮我吧，帮帮我……"微弱的祈求声，在电梯合上的一瞬间，消失了。

我揉了揉脑袋，顿时有些心烦气躁，刚刚那个声音，已经纠缠了我一个多月了，从我来到这座城市，这声音就一直没有停歇过。

可是我根本不想再去做帮人实现愿望这种事情，正是因为这样，我才从东方家逃出来，若是继续做这种事情，我又何必千辛万苦地逃出来呢？

电梯叮的一声，终于停了下来。

走出电梯，双脚踏上的，是纯羊绒的地毯，踩上去一点儿声音都不会有，左手边有一盆绿萝盆栽。

"欢迎回来，樱语。"绿萝抬起头，微微笑着看着我，翠绿色的长发披在脑后，她是个很温柔的少女。

"今天还好吧，要给你浇点儿水吗？"我看了下，她气色不错，叶片被擦得一尘不染。

"刚刚住你隔壁的帅哥给我浇过。"她笑着说，"一直都是他给我浇水，是个很温柔的人哦。"

"这样啊，那我进去了。"我说着，转身往前走，卡卡跟在我后面，优雅地走着猫步。她脖子上的铃铛声，是走廊里唯一的声音，清脆的声响，让这里有了点儿生气。

这栋大楼，实在是太安静了。安静到，若非听绿萝说过给她浇水的少年，我都要觉得这里只有我一个人住了。

用磁卡打开家门，我丢下小背包，将自己陷入软软的沙发里，出去了一趟，让我有点儿疲惫。

倒不是走了那么点儿路就让我疲倦，而是要努力不去听那些愿望，这实在是一件很费神的事儿。

我看了一眼扔在地毯上的小背包，那里其实只是一些入学资料，其实我从未去过学校，在东方家，我是不需要去学校上课的。

东方家会给我请最好的老师，负责我的学习，我不知道我现在的文化

程度，到底应该念高中还是大学，甚至是研究生，不过这些并不重要。

我只是想要体验一把在学校里上课的感觉。原本我以为这应该是件麻烦的事情，但意外的是，那所大学的校长，是我曾经帮助过的人。

那是三年前的事情了，那时候他的妻子生病，急需一大笔钱做手术，是我带着一箱子钱去给他实现了拯救他妻子的愿望。

他见到我的时候非常激动，虽然我并不觉得他需要这样感激我，东方家并不是平白无故帮助他，只不过因为他的愿望，通过计算分析，是可以用钱来解决的。而帮他完成愿望，对东方家来说，却有特别的意义。

我从脖子里掏出一根项链，项链的吊坠是一朵樱花形状的水晶花蕾，可以看见花蕾中心，闪着一团粉色的光，可以看见这光已经填了一半花心，等到这光注满水晶花蕾，这朵水晶花就会盛开，这时候，只要对着这盛开的水晶花许愿，无论是什么样的愿望，都能够被实现。

东方家族想要的，就是这个超级愿望。

而每一次超级愿望实现之后，水晶花就会失去闪耀的光芒，重新变回花蕾。

这种循环，我不知道在我出生之前，已经重复了多少次，从我出生的那一刻开始，这花蕾项链就被戴在了我的脖子上。帮人实现愿望所获得的恩泽，全部累积在这颗花蕾中。

可是我不想将我的人生浪费在这种事上，我不要为了一个超级愿望，牺牲掉我一辈子的快乐和自由。

我没有那么伟大，我不想无私地活着。

这样的想法，是从什么时候产生的，我已经想不起来了。因为东方家，不会有人在意我的想法，在他们眼中，我只是个傀儡娃娃，被装扮得很美，做他们要求我去做的事情。

每次看到那些人对着我哭，对着我笑，对着我说谢谢，我都毫无感觉，我只会更加讨厌那样的生活。

所以，我逃到了这里。

所以东方樱语，我要为自己而活。不是愚蠢的，为了别人的愿望，别人的人生，我的存在，不是木偶，我要将引线全部斩断！

我的人生，我不允许任何人夺走！

03

养在阳台上的仙人掌告诉我，去学校应该穿得普通一点儿，那样才能不引人注目，可以很好地融入班集体。

不过住在他边上的玫瑰告诉我，女生一定要穿得漂亮一点儿，这样才能吸引男孩子的目光。

不太爱说话的百合也加入了讨论，最后整个阳台都闹哄哄的，他们就我应该怎么穿着去学校，展开了非常热烈的讨论，吵得我脑袋都有点儿疼。

虽然在正常人看起来，那些只是普通的盆栽而已，但是在我的眼里，他们是有具体样子的。

像仙人掌是戴眼镜的少年，玫瑰是穿着晚礼服的御姐，百合是模样清秀的小少女。

"普通一点儿！樱语你绝对要相信我！"仙人掌说。

玫瑰不屑地看了仙人掌一眼，然后风情万种地睨视我："小樱语，你看是相信我，还是相信仙人掌？"

"或者折中一下，穿漂亮一点儿的普通衣服。"百合试着打圆场，她试着安抚双方，可惜她似乎失败了。

"女人的字典里，没有折中！"玫瑰坚持她的观点。

"那是女人的视角，可是我们樱语才十八岁！她还是少女！"仙人掌当然也不肯服输。

"哦，你们闭嘴。"我揉了揉隐隐作痛的太阳穴，将通向阳台的移动玻璃门关上了。卡卡慵懒地"喵"了一声，那眼神，像是对刚刚的争论不屑一顾。

我觉得我应该用正常的方式获取信息，虽然一直以来，我唯一的交流对象就是花草树木——

这么想似乎也不对，在东方家的时候，除了花花草草，还有一个人。

我连忙摇头，将那讨厌的家伙甩出脑海，我觉得我一定是需要休息了，否则怎么会自找不自在去想起那个家伙呢。

我抱着卡卡进了房间，卡卡跳进窝里，我上了床拉过被子盖好，闭上眼睛，睡觉。

第二天闹钟声将我吵醒，我连忙爬起来，洗漱完毕之后，我打开衣帽间，衣帽间满满的衣物鞋子装饰物，我找了很久，最后决定挑一件最普通的衣服。

这个天气，单穿裙子在外面还是有点儿冷，我在连衣裙的外面搭了一件樱花色的薄外套，将一头齐腰的长发梳成马尾，戴上一只蓝宝石发卡，给卡卡留下足够多的食物，这才拎起双肩小背包出了门。

从公寓到学校并不远，我步行到了公交车站，乘坐公交车去学校。

一开始刚刚出来那会儿，我不知道公交车怎么坐，在东方家的象牙塔里生活了十八年，一下子走出来，我适应了足足两个月，我曾经不知道从这座城市到另一座城市，可以乘坐火车、轮船、大巴，那时候我不需要考虑这些，近的地方，是有司机开车送我去，远的地方，有私人飞机带我去。

下了公交车，我径直走向校长办公室，昨天他让我今天到校了就去找他，他会亲自将我交到老师手里。

"那个女生穿得好漂亮啊！"

"是啊，你看她头上的发卡，也不知道是在哪里买的，好想也买一只！"

耳边传来女生的窃窃私语声，我回头看了一眼，只见两个穿着校服的女孩子站在一棵硕大的香樟树下面，正满眼好奇地望着我。

她们是在讨论我吗？

我正感到困惑，忽然一阵更为嘈杂的人声传入我的耳中来。基本都是女孩子的尖叫声，兴奋，狂热，像是那里有什么不得了的东西。

我本想无视这尖叫继续往前走，但是走了几步我的脚步就慢了下来。

好吧，我果然还是有些好奇的。

我转过身，迎着有些耀眼刺目的日光，隐约看见离我几十米之外的校园柏油路上，清清爽爽地站了个人。

不，这个说法其实并不对，因为那边并非只有一个人而已，但那个人却有本事让人将视线投向他时，自动忽略他身边的那群女孩子。

因为隔得有些远，他的五官我看不大清楚，但他浑身那种独特的气质，让人见过一次就会印象深刻。

此时校园里的木槿花开得沸沸扬扬，他白衣黑发，静静站在人群里，表情似是在笑，又好像并没有笑。

接着，他像是感受到我的目光，缓缓地扭过头看我，当他的视线与我的视线碰撞在一起的时候，我猛地回过神来。

这个少年，竟然会让我出神！

从出生起到现在，我见过各种各样的人，我自认为没有人能够让我分神的。

估计是这段时间太累了吧，这么想着，我转身继续往前走，身后是小女生叽叽喳喳的说话声。

径直走到校长办公室，他已经在那里等着我了，他带着我去找了我即将要去的那个班级的班主任。班主任看上去有些严厉，四十多岁，戴一副粗框眼镜。她上上下下打量了我一遍，眼神里有些困惑，显然她不知道为什么校长要亲自将我送过来。

　　我站在一边，听着校长和她说了些话，我扭头看向窗外，却在一群少年少女中，再一次捕捉到了那个纯白色的少年。

　　他站在一棵木槿花树下，微风卷着花瓣徐徐落下，他手里拿着一个面包，正缓缓地吃着。

　　"好了，东方同学，你跟我走吧。"校长和班主任的谈话终于结束了。

　　我收回视线，跟着班主任走出办公室，这个时候，上课铃响了起来。

　　校长给我安排的班级教室就在离办公楼最近的那栋教学楼里。

　　原先还热闹非常的校园里，因为上课铃的缘故，顿时安静了下来。沿着走廊往前走，拐一个弯就能看到教室门牌了。

　　班主任先走进去，教室里交头接耳的说话声，顿时戛然而止。

　　"上课前，先给大家介绍一个新同学。"班主任扭头看着站在教室门口的我，我走进去，从讲台上的粉笔盒里抽出一支粉笔，转身在黑板上写下了我的名字。

　　"我是东方樱语。"我将粉笔放回原地，视线在教室里扫视了一圈，当视线落在右手边，倒数第二个靠窗位子的时候，我不由自主地怔住了。

　　又是他。

　　那个穿着纯白色衬衫，气质非常特别，让人过目不忘的少年。

　　从我踏进这所学校到现在，还不到一个小时，已经见过他三次了。

　　像是感受到了我的目光，他将望向窗外的视线，缓缓地转了过来，他脸上挂着一丝淡淡的微笑。

这一次他与我的距离，足够让我看清楚他的五官。

但看清楚了，却让我没有办法将他的五官描绘出来，不知是不是上帝造人的时候出了错，以至于将这个世界上最完美无缺的部位都给了他。无论是眼睛、鼻子、嘴巴，还是耳朵、脸型，这些组合在一起，漂亮得让人移不开视线。

请原谅我用漂亮来形容一个男孩子，因为此时此刻，我全部的言语都枯竭，唯一能够想到的，只有漂亮这两个字。

04

窗外阳光正好，教室内，英语老师念英文的声音很好听，就是听得人有些昏昏欲睡。

我趴在桌子上望着窗外，一直很向往来学校念书，可是真的来了，似乎也并没有那么好玩。主要是老师讲过的内容我都学过，东方家给我请的家庭老师，都是教授级别的。

"听得到吗？书上都说，对着樱花树许愿，一定会有人来帮我实现愿望的。"一个细细的女孩子声音传入我的耳中，"是我坚持的时间不够长吗？拜托了，真的……拜托了……"

我收回视线，双手轻轻捂住了耳朵。

又是那个女孩子，这么久了，她似乎都没有放弃的意思。

真让人烦躁啊。

就在这时，有人将耳机套在了我的耳朵上，歌声传入我的耳中，我吃了一惊，慌忙回过头。

只见那个漂亮的少年正微笑着看着我，他的眸子并非是深黑色，是那种浅浅的茶色，一看就是个非常温柔的人。

"很好听，对平复心情有很大的用处。"他轻声说，"还没做过自我介绍，我是沐修歌。"

奇怪的家伙。

一般看的那些小说里，这种级别的帅哥，不是都很冷漠，对女生爱理不理的吗？

可是这个沐修歌却主动和我说话，这不科学啊。

"东方樱语。"我回应道，"谢谢你的音乐，很好听。"

我将耳机拿下来还给他，他听的是钢琴曲，班得瑞的《迷雾水珠》，曾经有段时间我很喜欢听这首曲子，单曲循环了一个月。

再次听到它，让我有种恍如隔世的感觉，它让我想起被东方家禁锢在那栋华丽奢侈的洋房里的日子。

"我知道。"他轻轻点了点头，目光里是暖暖的笑意，"刚刚你有做自我介绍。"

我正想说点儿什么，眼角余光忽然扫到一个穿着黑西装的男人。拜我极好的视力所赐，我看到了他翻在外面的白衬衫领口处绣了一朵美丽的樱花。我飞快地站起来，想也不想，抓着双肩包就从窗户跳了出去。

"先不说了，帮我请个假，就说我有急事先走了！"我顾不上回头，

直接对着沐修歌说道。

真是阴魂不散的家伙！

我很是懊恼，大概是离市中心太远，那栋建筑物的结界没有办法罩住这里，而我在学校里停留的时间太长了，五个小时，足够让东方家的人从世上任何一个地方找来这里了。

是我大意了！

因为这段时间过得极为太平，让我有些得意忘形了，我高估了那个结界笼罩的范围，我现在必须回去，只有那栋公寓能够藏得住我！

我跑得飞快，这时候我已经跑出了学校，远远看到一辆黑色的劳斯莱斯停在学校门口，车门开启，一个穿着黑色马靴的男人走了下来，他戴了一副细框眼镜，一头亚麻色的头发在阳光下很显眼。

是东方夜！

那个狡猾得跟狐狸一样的家伙怎么会来这里！

我顾不得其他，脚下加快速度跑到马路对面，急忙拦了一辆出租车，让司机用最快的速度将我送到公寓。车子离公寓楼越来越近，我狂跳的心脏也终于缓缓地平静了下来。

我坐在车里喘着气，心里不由得有些后怕，刚刚要不是我跑得快，现在一定被东方家养的那群保镖给绑回去了！

付了车钱，我推开车门下了车，用最快的速度跑进大楼，虽然我知道一旦进入了大楼结界，那些人就没有办法找到我。

乘电梯上楼，电梯门刚开，养在电梯口的绿萝就问我："咦，樱语你不是去上课了吗？怎么这么快就回来了？"

"别提了。"我很郁闷地说，"东方家那些家伙找来了。"

"呀，那怎么办？"绿萝声音里有浓浓的担忧，"他们会找到这里来吗？"

"不知道，应该不会吧。"我这么回答了一声，拿出磁卡开了家门，关上门换好鞋，卡卡叫了一声走到我身边，软软胖胖的身子在我腿上蹭了蹭。

我将背包丢在地上，直接坐在了地毯上，我抱着卡卡，脑中开始寻思对策。

他们既然找到了这座城市，甚至连我所在的学校都找到了，显然是不会轻易离开的，得想个办法离开这里才行。

可是离开这里，我又有些舍不得，因为不是每座城市都有这样安全的公寓。

这真让人头疼。

"喵……"卡卡软软地叫了一声，我低头看着它，走到门口转了几圈，显然，这家伙在家里待了半天，想出门溜达了。

我抓起钱包，带着卡卡出了门，已经到了吃午饭的时候，出去遛遛，顺便再打听一下，东方夜那家伙现在在什么地方。

只是问了一路，都没问出个所以然来，倒是一路上很多人看我的眼神，像是在看个神经病。

也对啊，跟路边的小草大树说话……呃……看上去是有些蠢。

"小樱语，帮你忙倒是没问题，就是我们不知道你说的那个人长什么样子啊。"一棵年迈的梧桐树说，"或者你给我看看他的照片？"

"算了，我再想想办法吧。"我顿时泄了气，因为我没有东方夜的照片！

没有办法求助花草树木，我只能靠自己了。

我带着卡卡找了一家吃饭的餐厅，随便吃了点儿东西就很沮丧地回了公寓。午后的阳光正好，晒得人暖洋洋的，很想睡觉。

阳台上放了一把竹制的摇椅，我抱着卡卡坐在摇椅上，不知不觉就睡着了。

睡着睡着，我隐隐觉得有点儿冷，梦里迷迷糊糊梦见一大片樱花树林，有个声音在我耳边轻轻呼唤："樱花樱花，我想见见你。"

声音里浸满悲伤，这悲伤无法化解，混着梦中的落花一同朝我袭来，我猛地惊醒了，映入眼帘的，是一轮圆月。

我这才意识到，今天是农历十六，月圆的日子。

清冷的月光将漆黑的夜晚晕染开来，大地像是被穿上一层圣洁的纱衣一般，一切变得迷蒙且神秘，像是在这月光下，有绝美的花精灵蹁跹起舞。

"喵……"卡卡糯软的叫声打断了我的神思，我回头看了一眼，只见卡卡竖起前脚，正一下下地抓着房门。

"怎么？"我从躺椅上站起来走过去，卡卡绕到我脚边，贴着我的脚边转了好几圈，接着它继续回到门边，竖起前爪开始抓门。

和卡卡一起生活了十几年，我明白它这是想出去。

"外面有什么东西吗？"我不解地看着它，这个时候我多么希望它能开口说人话。

"喵。"卡卡抬高声音，又叫了一声，这一次，它的叫声明显带了一丝急促的意味。

难道外面有什么东西是它在意的吗？

抱着这样的疑惑，我打开了房门，卡卡一阵风似的冲了出去，我转身拿起公寓的开门磁卡，反手关上门，追着卡卡往前跑去。

05

"卡卡去了楼上。"电梯口的绿萝还没有睡觉，夜晚是她活跃的时间。

"谢谢！"我道了声谢，下意识地加快了脚步。

其实我所在的公寓，就是这个巨蛋建筑物的顶楼了，只不过在这一楼上面，还有一个楼层，那里建着一个大型的室内游泳馆，卡卡这家伙跑去那里做什么？

我一口气冲上顶楼，游泳馆里没有开灯，透明的玻璃屋顶上，有干净的月光投下来，所以顶楼并不是漆黑一片，而是月圆之夜独有的那种清透光亮。

"哗啦啦——"就在我终于站在最上面一个台阶的时候，游泳馆里传

来一阵巨大的水声。

"卡卡！"我的心一下子提了起来，难道是卡卡掉进水里了？

然而当我"啪"的一声打开游泳馆里的灯，就着亮白的灯光看清游泳馆里的情景时，我整个人如同被雷打一般，瞬间僵硬地站在原地。

我看到了什么？

还在漾着波纹的水面上，有个少年露出白皙纤瘦的上半身，他的头发很长很长，漆黑一片，泛着美丽的光泽。他的五官非常漂亮，不，这不是重点，重点是这个少年很眼熟！

"沐修歌？"我脱口而出。

少年深蓝色的眼眸中闪过一道光，而这时候，原本蹲在游泳池边上的卡卡，忽地朝他扑了过去，它直接扑到水中，张口就咬住了他的腿——

咦？

不是腿！

我再一次惊呆了！

我这才注意到，他的下半身竟然有大片大片的鳞片，那不是人类的双腿，那分明是一条巨大的鱼尾巴！

一时间这么多让人惊悚的信息全部汇聚在脑中，我有些反应不过来。

"可以让你的猫离开吗？"熟悉的声音，带着一丝无奈的意味。

我回过神来，现在不是发愣的时候！

"卡卡你给我过来！"我终于镇定了下来，怪不得卡卡会跑到这里来，原来它是嗅到了鱼的味道！

虽然……这是一条美人鱼。

沐修歌伸手抓住卡卡的后颈，将它提腊肉一般拎了起来。

"丢过来！"这个时候我已经跑到了离他最近的地方，我张开双臂，示意他丢过来没关系，我会接住那只吃人鱼的大笨猫！

沐修歌听我这么说，不再犹豫，扬手将卡卡朝我丢过来，我本来有十足的把握能够接住它，哪知道卡卡灵活地躲开了我的双臂，四肢在我肩膀上轻轻一点，同时转身，继续朝沐修歌扑去。

真是个执着的家伙！

"小心！"我惊叫了一声，沐修歌本能地闪开，然而卡卡锋利的猫爪仍然在他的手臂上划出了一道血痕。

我看到他好看的眉心轻轻皱了一下，人鱼都很怕疼的。

"卡卡你这家伙！"我顿时怒了，当下不管三七二十一，直接跳下了水，用最快的速度游到沐修歌身边，伸手将企图绕到沐修歌另一侧的卡卡抓了过来。

"喵！"卡卡愤怒地叫了一声，露出了锋利的爪子，它冲我张牙舞爪，试图从我手上挣脱。

"你敢抓我试试！"我怒目瞪它！

卡卡的动作猛地一停，然后它慢慢地变得温顺，我松了一口气，这才抬头看沐修歌，我满含歉意地冲他笑，一时间不知道说什么好。

"那个……对不起啊，我一定会教训这只笨猫的。"我讪讪地说，卡卡这家伙，一个劲儿地给我惹麻烦！

"比起这个。"他脸上露出一个似笑非笑的表情，他低头看了一眼自己的尾巴，甚至还用尾巴拍了一下水花，灯光下，水珠闪着透明的白光，将眼前的世界晕染得越发不真实。

"你应该好奇的是这个吧。"他轻笑着说。

"呃……你放心，我一定不会说出去的，我不会告诉任何人的。"我飞快地冲他保证，"或许你不相信，不过我见过人鱼。"

"我相信。"我以为他会觉得我在胡说八道，没想到他却很认真地回答道。

这下子轮到我惊讶了。

"惊讶吗？"他挑了挑眉，蓝色的眼眸中是流动的光彩。

"是挺惊讶的。"我点点头。

"因为你是东方樱语，我认识你。"他给出了这么一个解释。

我愣了一下，跟着反应过来，他应该说的是白天，在教室里我们的那通未讲完的对话吧。

"不是今天。"然而他一下子将我的猜测否定掉了。

"不是今天？"我瞪大眼睛看着他，"你在什么时候认识我的？除了今天，我怎么对你毫无印象？"

"因为贵人多忘事呢，东方家的小樱语。"他轻声说，"你大概忘记了吧，在十年前，我见过你。"

我绞尽脑汁开始回忆，十年前……

他见我一脸茫然，伸手从脖子上解下用一根红绳系着的灵石吊坠来，他将吊坠递给我，很有耐心地说："你还记得这颗灵石吗？"

我将灵石拿在手上看了很久，脑中依稀有那么点儿模糊的印象，可是那些无法形成完整的画面，只是让我有种很熟悉的感觉。

"十年前，我母亲曾经对着岸边的樱花树许愿，她想让我离开那片海域，然后她等来了你，你将这颗灵石交给了我的母亲。"他缓缓地说着，试图让我回忆起来。

他这么一说，倒还真的让我想起了这件事情。

那时候我才六岁，东方夜将这块灵石用手帕包起来交给我，告诉我，这个就是能够实现那个人鱼母亲愿望的东西。于是我就带着这个东西去了，原本这个愿望不会给我留下丁点儿印象，实在是那个人鱼妈妈太美丽了，她抱在怀里的那个美丽的小人鱼，让我多看了一眼。

"你就是那个小人鱼啊。"我顿时有些唏嘘，隔了十年，小人鱼已经长成了王子一般耀眼美丽的少年了。

我将灵石递给他，正想说什么，然而就在这时候，一直老实地窝在我怀里的卡卡，猛地蹿了出来，张口将那颗灵石咬了下来。

"糟糕！"我试图将灵石从卡卡嘴巴里抠出来，然而我没有来得及这么做，因为卡卡这家伙，竟然直接将灵石吞下去了！

"卡卡你给我吐出来！"我和沐修歌同时朝卡卡扑去，卡卡轻灵地从水面跃起，很轻松地落在了游泳池边的躺椅上，它碧蓝色的猫眼里，还透着一丝得意的笑。

"我就不吐出来，就不！"卡卡张了张嘴，原本只能发出猫叫和呼噜

声的嗓子里，竟然说出了人类的语言！

我惊呆了，这一惊，卡卡直接冲出了游泳馆，等我眼睁睁地看着它消失在楼梯口的时候，才猛然回过神来。

"那个……"我艰难地咽了口口水，转头看向沐修歌，"我刚刚是幻听了吗？"

沐修歌无语地看着我，然后他张开嘴巴，十分确定地回答我："不，你没有幻听，那只猫会说人话了。"

"哦，天啊……"我眼前一黑，"扑通"一声一头栽进了水里。

CHAPTER

珍珠藏于深海 | 第二章

02

01

　　一个小时后，我坐在沐修歌家的客厅里，用毛巾擦着湿漉漉的头发。

　　卡卡蹲在沙发上，优雅地舔着自己的毛，时不时还用它碧蓝色的猫眼偷看我。

　　我抽了抽嘴角，天知道，我多想打死这只闯祸的大笨猫！

　　沐修歌从房间里走出来，递给我一罐可乐。

　　我脸上蓦地一红，今天真是太丢人了！

　　想我东方樱语，什么样的怪事没见过，竟然会因为卡卡能说人话了而一时难以接受地晕了过去，虽然说有一定的原因是白天消耗了太多精力和植物对话，但是……哦，怎么想都好丢人。

　　"卡卡！"我将可乐放在桌子上，转身揪住卡卡的脖子，我目光狠狠地看着它，"现在把灵石吐出来还来得及。"

　　"身为东方家的异能者，你竟然不知道灵石一旦被动物吞进肚子里，超过三十分钟就会与动物融合，再也无法分割吗？"卡卡带着鄙视的眼光看着我，"你以为本猫为什么要躲起来不让你找到？"

"可那是沐修歌的东西！"我很恼火，我很想揍飞这只恃无恐、十分嚣张的猫，"你怎么能吃人家的东西？灵石对他很重要！"

"本猫什么也听不到。"它伸出两只毛茸茸的前爪搭在耳朵上，一副耍无赖的样子。

我为之气结，说："卡卡，你信不信我把你送给研究所，让人家解剖了你！"

"要解剖你也得陪我一起被解剖。"卡卡仍旧不着急，它还偷偷瞟了我一眼，"你信不信，我随时出卖队友？"

"看样子，协商不太愉快？"

沐修歌在我对面的沙发上坐下，他的表情倒是很从容不迫，仿佛丢了珍贵物品的人不是他。

"不是不太愉快，是很不愉快。"我泄了气。

尽管被卡卡气得想暴揍它一顿，但身为它的主人，我还是得对这件事负责的："沐修歌，我会尽快再帮你找一块这样的灵石的。"

虽然我压根不知道这灵石是哪里来的，一直以来，东方家的精英们会负责寻找各种实现愿望的东西，灵石这样的神奇物件，全是东方夜搞定的。

东方夜啊……

我顿时头疼起来，想起那家伙现在就在这座城市，我就有些坐立难安。

"嗯。"他轻轻应了一声，仍旧是一副非常从容的样子。

"你不生气吗？"我不解地问，"我要是你，现在一定非常生气。"

"可是生气也没有用，不是吗？"沐修歌轻轻笑出了声。

"啧啧，看看人家修歌，我说樱语啊，你学着一点儿，作为本猫的主人，你竟然如此不淡定，真是太丢本猫的脸了。"卡卡边说边用粉红色的舌头舔着自己的爪子。

这家伙不开口还好，一开口我心里的怒气就噌噌地往上涨，我将牙齿咬得"咯吱咯吱"响。

"要死啦！虐猫啦！"卡卡边叫边从沙发上跳开，轻灵地落在沐修歌身边，一丁点儿声响都没有发出来。

它甚至还不怕死地挤进沐修歌的怀中，头枕着沐修歌的大腿，十分享受地开始打呼噜，一边还不忘记用不怕死的眼神看着我。

我想说点儿什么，可是却又不知道该说什么，而沐修歌也没有说话，客厅里顿时死一般的安静，只有月色透过窗户照进来，水银一般，仿佛会流动。

"别这么压抑嘛，本猫小心肝扑通扑通跳呢。"卡卡懒洋洋地说，"不就是吃了个灵石嘛，有什么大不了的。你看，没有灵石，修歌不是也没变回人鱼嘛。"

它这么一说，我倒是怔住了。

人鱼一族，只有百分之一的可能性会生出人类的双腿，能够进入人类社会，像人类一样生活，而其他的就只能永远生活在海里。

沐修歌并不是那百分之一的幸运儿，他之所以能够用双腿在人类世界行走，是因为他的母亲对我许的愿望，那块灵石能够让人鱼走上陆地。

可现在，灵石被卡卡吞掉了，为什么沐修歌还是人类的样子？

长长的黑发不见了，被一头清爽的短发替代，那双代表人鱼的蓝色双眸，也变回了琥珀色，帅气的长相，少了几丝摄人心魄的俊美，他现在分明就是一个长相出众的人类少年。

跟我一同愣住的还有沐修歌，他的眉目之间萦绕着一丝困惑，与我一样不明白这是为什么。

"灵石虽然被本猫吞了，但是那并不代表灵石消失了啊。事实上，只要灵石和修歌之间的距离不超过五十米，修歌就不会变成小人鱼。"卡卡一副我为你们操碎了心的样子，长长地叹了一口气，"愚蠢的人类，看来拯救地球，还是要靠我们啊。"

"等等。"我抓住了卡卡话里的话，"你确定只要你和沐修歌保持五十米以内的距离，他就不会变回人鱼？你怎么知道的？"

"因为本猫聪明绝伦。"卡卡优雅地用舌头舔着爪子，"尔等愚蠢的人类，是不会明白的。"

"说人话！"我怒了。

"愚蠢的人类果然听不懂我们的话。"卡卡很忧伤地仰头望着天花板，"本猫就大发善心告诉你，你不要小瞧本猫，本猫在东方家生活了很多年，活得久了，自然会知道一些事情了。"

"好吧，暂且相信你了。"

我现在很累，没力气去验证卡卡说的是真还是假，不过目前看来，应

该不是假的，毕竟沐修歌还是人类的模样。

不过这件事情暂时不用担心了，另一件事情却让我犯难了。

按照我的计划，要是没有办法让东方夜离开这座城市，那么只能我走，现在问题来了，我如果带走卡卡，沐修歌怎么办？

"那个，沐修歌。"我清了清嗓子说，"你介意不介意多养一只猫？就当成卡卡吃掉你灵石的赔礼，你看一赔一，你不吃亏。"

"喂喂，樱语你想干什么？"卡卡的耳朵立即竖了起来，碧绿色的猫眼里泛着危险的光，"你不会是想将本猫送人吧！"

果然，宠物都是最懂主人的，我刚开口就知道我要说啥了。

"闭嘴！"我低喝了一声，"我什么也听不见！"

"咬死你哦！"卡卡"喵"了一声，直接扑过来整个抱住了我的脑袋，一身的毛蹭了我一脸。

"你要走？"沐修歌这个时候问了一句，"是因为今天追着你的那个穿黑西装的人吗？"

我愣了一下，一把将糊了我一脸毛的卡卡抓了下来按在怀里，"你看到了？"

我以为不会有人发现那个黑西装的男人，沐修歌竟然看到了吗？

沐修歌轻轻点了点头，他说："是啊，他们为什么要追着你？"

我沉默了，我怎么能告诉别人，我是离家出走的呢……

"因为她是离家出走的。"我错了，我不说，但是卡卡这只猫随时出卖我，一点儿都不犹豫。

02

好吧，既然已经被卡卡出卖了，我只好简略地说了一下我从东方家逃出来这件事。

沐修歌并没有多问，只是静静地面带微笑地听我说完。

"所以，你会住进这里，是因为这里的结界，能够保护你。"沐修歌轻声笑了出来，"这么说，你完全不必走。"

"啊？"我不解地看着他，"我不走，东方家的那些人，迟早会找到我的。而且那个结界覆盖的范围有限，一直被困在这个公寓里，会把人闷坏的。"

他目光柔柔地看着我，然后他站起来走到一个大大的鱼缸边上，伸手从水中捞出一颗大大的珍珠一样的东西，他握着那东西走到我面前，摊开掌心，微笑着看着我："那个结界之所以存在，是因为这个东西。"

我不可思议地看着他，我曾经不止一次地思考过结界为什么存在这个问题，可是我绞尽脑汁也想不到，这里之所以有结界，是因为沐修歌的存在。

"不会吧……"这也太出乎意料了。

"这是海里的一只活了千年的海蚌产下的珍珠，它的存在，能够让这里的环境，像深海一样干净，也能够隐藏人鱼的踪迹。"他很有耐性地跟我解释，"你有没有听说过，出海打鱼的渔船，一旦接近某个区域就会迷

失，会沿着一个看不见的墙一直转圈，就是进不去那个地方。"

"的确。"我点点头，像我小时候去给沐修歌的母亲送灵石的时候，就听东方夜说起过这样的地方，不过以前家庭老师跟我说起这个的时候，都是用地球磁场的缘故解释过去的。

"那是因为，在人鱼生活的海域里，存在着非常多的海珠，这些海珠各自的结界叠加在一起，就变成了看不见的防护罩一样的存在。"

他这么一解释，我就明白了。

大概是老天爷见我太可怜，终于让我好人有好报了一回！竟然在我手足无措不知道接下去要怎么办的时候，峰回路转地知道了这颗海珠的存在。

更绝的是，卡卡吃掉了沐修歌的灵石，他想要保持人类的样子，就必须跟卡卡待在一起，这就等于他得跟我留在同一个地方。

"明天我把海珠带着，这样就等于将结界随身携带了。"沐修歌说，"这样一来，你就不用担心了吧。水晶无法感应你的存在，那么在这个城市里想找一个人，还是很困难的。"

"你低估了东方家的能力。"我并不那么乐观，东方夜是个难缠的家伙，一旦他发现了我的踪迹，不把整个城市都翻过来，一定不会罢休的。

"明天先去学校看看，我要确定一下东方夜有没有去找校长。"我抱着卡卡站起来，我说，"很晚了，我回去睡觉了，晚安。"

沐修歌将我送到门口，他说："明天，我喊你一起去学校。"

"好。"我点点头，用磁卡开了门，进去之后，换了一身干净的睡衣，今天实在是太累了，我很快就睡着了。

大概因为困扰我的问题有了解决的办法，这一夜我睡得出奇的香，竟然都没有做梦，一觉睡到天亮。

"起床了，大懒虫！"卡卡在我耳边大喊，同时用它毛茸茸肉乎乎的爪子拍着我的脸，大有不把我拍醒誓不罢休的架势。

我一把揪住它的脖子，用力将它丢了出去，我说："卡卡，你能不能回到以前只会说喵的状态？"

"显然不能。"卡卡优雅地迈着猫步，重新跳上我的床。

我掀被子下了床，跑到盥洗室洗漱完毕，翻开衣柜拿出一条裙子，正打算穿，就听卡卡缓缓地说："你确定要穿这个吗？逃跑多不方便啊。"

我愣了一下，顿时觉得卡卡说的也有道理啊。

这么想着，我折回去，翻出一条长裤穿上，再将一头长发扎成马尾辫，去学校的装扮就算是搞定了。

"叮咚——"门铃声适时响起来。

我拎起书包走到门边，打开门就看到沐修歌带着微笑的俊美脸庞，啧啧，不得不说，人鱼一族都是妖孽啊，长得都太美了！

我走到门口的时候，忽然想到一件事情，忙折回房间，从柜子里翻出相机塞进书包，这才关好门走了出去。

卡卡走在我前面，沐修歌跟我并排走在后面。

出了公寓大楼，我问沐修歌："你平常是怎么去学校的？"

"公交车。"他说。

"那走吧，我们去乘公交车。"我说着就要往前走，一只手却抓住了我，我不解地回头看沐修歌。

"公交车里人多且杂，万一有东方家的眼线，怎么办？"他说。

我顿时吓得冒了一身冷汗，是啊，东方夜知道我在这座城市，那么只要我想出门，必定会乘坐交通工具，按照东方夜的脾气，他绝对做得出控制这座城市的交通枢纽的事儿的。

"你说的有道理。"我心有余悸地说，"那我们怎么去？"

"步行吧。"沐修歌笑着说，"我对这里还是很熟悉的，我知道有个路线，到学校只要半个小时就够了。"

"那就步行。"其实只要不是一直与花草交流，我的精力还是很充足的。步行三十分钟完全就是小意思。

走出巨蛋的范围，沐修歌带着我拐进了一条老街，穿过那条老街，就是这座城市的古城区，到处都是苍翠的法国梧桐，粗得要两个人才能合抱。

走了十几分钟的样子，我听到了一声清脆的呼喊声："东方家的孩子，东方家的孩子，请等一等！"

我驻足朝着声音的来源看去。

那里是一棵梧桐树下的垃圾桶，垃圾桶里塞了很多枯萎的花草，而离垃圾桶不到一米的地上，有一朵脱水的百合花。

她躺在垃圾桶边上，浑身狼狈不堪。在我的眼里，她是个有着粉色长发的少女，只有巴掌大小，很脆弱的样子。

"怎么了？"沐修歌见我停下来，轻声询问我。

我没有说话，只是走过去，在百合花面前蹲下，卡卡凑过去，轻轻用爪子触碰花瓣。

"走开！别碰我！"那朵花顿时尖叫起来。

卡卡却故意凑过去，用鼻子嗅了嗅那朵花："我就不走，就不走，你能怎么样！"

"卡卡，别闹。"我喊了一声，揪住卡卡的耳朵将它拉了回来。

"请求你，带我去见他一下好吗？东方家的孩子，请你实现我的愿望吧。"她声音很虚弱，像是随时可能失去意识。

是的，意识，万物皆有灵性，只不过平常人发现不了他们的存在。

"可是我已经不打算再做这种事情了。"我叹了口气，正是因为不想再做这种事情，所以才从东方家逃了出来。

"好了没事了沐修歌，我们走吧。"我招呼了沐修歌一声，往前走了几步，却发现他没有跟上来。

我转过身，只见沐修歌缓缓朝那朵百合花走去，他眉目里有一丝温柔的笑意，他用问询的目光望着我。

"你不打算帮她吗？"他轻声问我，"为什么？"

"因为我已经决定不再为了别人的愿望而活。"我说，"这就是我离家出走的原因，我已经不打算再做这样的事了，走吧，再不走要迟到了。"

然而沐修歌却没有离开的意思，他说："不打算再帮人实现愿望，可

是她不是人类，不是人类……也不行吗？"

我愣了一下，我竟然真的在思考沐修歌的问题。

03

从小到大，从我有记忆开始，我就不停地帮助别人实现愿望，花草树木会告诉我那些心愿，我再告诉东方家的人，他们会帮我去计算，哪些愿望是可以实现的，哪些是不能实现的。

而往往，能够实现的，都是金钱与物质。那些祈求爱情、祈求平安的，统统都会无视。

因为东方家那些精英的大脑里，这种感情是无法计算的。

"帮帮我好吗？"百合用很虚弱的声音恳求我，"帮帮我好吗？我就快要死了，再有半天，我就会失去意识了，可是我不想死在这脏兮兮的垃圾桶边上，我有想去的地方。"

我重新在她面前蹲下来，我凝视着她，百合花的花瓣已经开始枯萎，这瞬间，不知道是沐修歌的问题让我动摇，还是因为她的样子太过可怜，我鬼使神差地答应了她的请求。

"走吧，卡卡。"我站起来，转身往前走，"走吧，沐修歌。"

"等等，带上我啊！"百合花急叫了起来，"等等啊！该死的猫，快放下我！放下我！"

"别吵……"卡卡发出一声呜咽声，飞快地跑到我前面，那朵百合花，被卡卡咬在嘴巴里，虽然一只猫叼着一朵花看上去有些滑稽，但不可否认，这个画面还是很和谐友爱的。从一路上，不断有人停下脚步，好奇地围观，惊叹的说话就能看得出来。

或许只有我知道，它们其实一点儿都不和谐，一路上，百合花在尖叫，卡卡会用爪子故意去抓花瓣。

"别抓我啦！"百合花抗议，"把我美丽的脸蛋儿抓花了怎么办，一点儿都不懂得怜香惜玉的猫！"

"阿嚏！"卡卡故意打了个喷嚏。

"啊！你叼紧点儿！"百合花顿时叫了一声，心有余悸地说，"吓死我了。"

"话说，沐修歌，你也能听见花草的声音吗？"我扭头看向走在我身边的沐修歌，"难道人鱼也有这样的能力？"

"人鱼也是精灵的一种，当然也能听得懂花语，不过仅仅只能与眼前的花草交流，不像你，能够聆听到人们对着樱花树许下的愿望。"他笑着回答我。

"原来是这样。"说不清为什么，我心中觉得雀跃欢乐，大概是因为从小到大，我身边都没有人与我一样，有着能和花草树木沟通的能力吧。

原来我不孤单，这世上还有人是与我一样的。

这叫我原本空落落有些冷的心，一下子觉得暖和起来。

"是啊，不过樱语，其实能够听到愿望，也是一件很了不起的事情。这个世界上，只有你能做到，你是独一无二的。"他的声音轻轻的，暖暖

的，很舒服。

以至于他说的这些，本应让我觉得烦躁的话，也变得动听起来。

我从来都觉得我只是个傀儡而已，被东方家牵在手里，只是一只木偶，可是现在，这个少年告诉我，我是独一无二的。

多让人高兴呢。

"救命啊，猫要咬死我！"百合蓦地叫了一声，顿时将我从神游太空的状态拉了回来。

"卡卡别闹！话说，百合你要见的那个人，还有多远能到？"我问。

"快到了，前面拐个弯，往前再走一会儿就到了。"她声音忽然变得很温柔，"我的样子，一定变得很难看吧。"

我打量了她一下，作为一朵香水百合来说，她比不上刚刚盛开的百合花美丽、新鲜。在我眼里，她是一个苍白的少女，有一头失去光泽的发，还有一身很旧很破的衣衫。

"明明他送我走的时候，我是那么漂亮。"她语气里藏着一丝忧伤，"樱语，怎么办，我忽然有些害怕。"

"害怕什么？"我不太能理解一朵花的害怕，"你要放弃吗？"

她飞快地摇了摇头："不，我要去那里。哪怕现在的我很丑陋，可是我还想再遇见他。"

"不过说来也好笑对不对。"她轻轻笑了起来，"你知道吗？樱语，我爱上了一个人类，我爱上了那个将我种出来、细心呵护我的人类。"

我很震惊，百合的话让我整个人都怔住了。

我停下脚步，不可思议地看着她："你爱上一个人类，他种下你，是为了卖掉你换钱的。"

"我当然知道啊。"她声音弱了下去，沮丧里带着一丝忧伤，"可是我存在的意义，不就是这个吗？"

我被她问住了，被种花人种下的花，存在的意义是什么呢？

长大，采摘，放上保鲜车，穿越大半个城市，放在花店里卖掉。

"他的手指很修长，触碰我的时候，很温柔。"她声音很柔软，喃喃私语一般，"他有一双很明亮的眼睛，他总是带着笑。下辈子，要是能够变成人类就好了。"

"变成人类啊。"我重复了一声，"你竟然会想要成为人类。"

"嗯，我很羡慕人类。"她说。

羡慕人类？

我第一次从一朵花的嘴里，听到了这样的句子。

"世间万物皆羡慕人类。"沐修歌这时候说，"只是人类自己没有觉察到，能够生而为人，就已经是一件幸福的事情了。因为这是其他生物，永远也做不到的。"

不知道为什么，我从他的声音里，捕捉到一丝落寞来。

"好了，不说这些了。"像是觉察到气氛不对，百合连忙换了个话题，"你看，就在那边，那一片花田，都是他的。"

我顺着她指的方向望去，首先映入眼帘的，是成片的紫色薰衣草，紫色的花海轻轻浮动，淡淡的薰衣草香气沁人心脾，我深吸一口气，直到肺

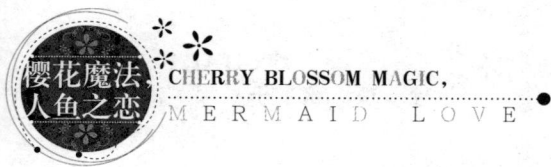

部无法再容纳更多的空气时，再缓缓地呼出一口气，惬意感穿透四肢百骸，这些天我忙着逃跑，好久没有这种放松的感觉了。

"这里到花田那边，好像二三十米的样子，樱语你带百合去吧，我在这里等着你。"沐修歌在这里停下脚步，没有继续往前走。

"不一起来吗？"我惊讶地看着他。

他微笑着蹲下身来，在他身旁，紫色的薰衣草开成了片，衬得他整个人越发眉目清俊，他说："这里的薰衣草不错，现在花草上有露珠，我收集一些，有用。"

"那好吧。"我说，"那一会儿在这里会合。"

"嗯。"沐修歌从书包里找出一只透明的玻璃瓶，小心翼翼地，不弄伤薰衣草，开始收集花上的露水了。

04

我从薰衣草间的小路往里走，路边种着一些郁金香，火红色的，白色的，粉色的，交织错杂地连成一片，煞是好看。

卡卡从我脚边飞快地往前跑，百合的心情变得迫切起来，我从她的迫切心情里，感觉到了一丝退缩，她之前说过她害怕，但她并没有放弃她的心愿，大概比起被他看到自己丑陋的样子，她更害怕消失前再也见不到他吧。

我跟在后面，小跑起来，花海泛起美丽的浪花，这里很安静，很祥和，空气非常好。

再往里走，就可以看到玫瑰花和天竺兰，再走几步，就是一片开得正好的百合花，被卡卡咬在嘴巴里的百合花，和这些花朵一样，也曾开在这里吧。

"他在那里！"百合低呼一声，声音里有些紧张。

我弯下腰，将手伸在卡卡面前，卡卡漂亮的眼睛一动不动瞧着我，然后它伸出了自己的爪子放进我的手里。

"不是爪子！"我顿时一脸黑线。

卡卡猫嘴一歪，露出了一个得意的微笑，它慢悠悠地凑近我的手，然后嘴巴一松，那朵快要凋谢的百合花就落进了我的手中。

我握着花枝迈开脚步朝着那个种花人走去。

他看上去挺年轻，不到二十的样子，穿着一件咖啡色衬衫，袖子一丝不苟地卷到手肘处，他的裤子上沾了一些花粉，一看就是刚刚从花田里过来。

他看到了我，眼中微微带着一丝惊讶，有那么一瞬间，我以为他可以看到我视线里才存在的东西。

在我的眼中，此时百合花少女坐在我的手臂上，微风浮动她的发丝，扫在我脸上，有一点儿痒。不过这只是我才能看到的风景。

"你好。"他主动朝我走来，也许是在花田里劳作的缘故，他的肤色呈现出古铜色，他笑起来牙齿发亮，整个人像是一颗太阳一样，给人非常舒服的感觉。

我顿时有点儿明白，为什么百合会爱上这个人类了。

"你好。"我说，"我只是散步散到这里，想过来看看的。"

"欢迎。"他笑眯了眼睛，非常爽朗的样子，"要我带你看看吗？"

"会不会太麻烦？"我侧目望他。

"不会的。"他很温和地说。

我低头看了百合一眼，她微微侧过头看着眼前的男人，眼神温柔得像是要溢出水来。她从我手臂上离开，站在了地上，她没有办法往前走，她伸出双臂，朝他扑去，她抱着他。

可他不知道。

"等一下。"我喊住了转身想要往前走的那个男人，他回头不解地看着我，我将握在手里的百合花递过去，他更加困惑了。

"这个，送给你。"我很认真地说。

他愣了一下，虽然困惑，但还是伸手接了过去，他低头看了一眼，跟着"咦"了一声："这个品种……"

"怎么了？"我问。

他伸手轻轻触碰了花瓣，在我的眼中，他的手，轻轻落在了她的脸上："好像我种的啊。"

"你认得出来？"轮到我诧异了。

"呵。"他笑了起来，"我亲手种的花，我都认识的。而且看样子，摘下来应该有四五天了。"

她的眼圈一红，美丽的眼中蓄满了泪水，她似乎很激动，他记得她是自己种出来的，甚至记得她是什么时候被采摘的。

"真巧啊。"我连忙说，"我是在半路捡到的。"

"我带你去种这种百合的地方看看吧。"他说着，握着百合领着我往前走。

我跟在后面，看得到百合的脸离他近在咫尺，她注视着他，在他看不见的地方。

"就是这里。"他指着一间玻璃花房，"这种百合很金贵，目前这座城市，只有我这里才培育得出来。"

"原来是这样。"我顿时明白了，这样精心的呵护，独一无二的对待，的确是能够让一朵花倾心。

他推开花房的门，我跟着走了进去。

这时候百合忽然扭过头看我，冲我微微笑着说："谢谢你樱语，让我最后能回到这里，能再次被他捧在手心里。"

她转过头，重新将视线聚集在他的脸上："樱语，下辈子，我想变成人类。"

我没有回答她，我只是忽然觉得有点难过。

这种感觉，只在外婆去世的时候我感觉到过，除此之外从未有过这种情绪。

然而现在，面对一朵即将消失的百合花，我又一次感觉到了难受。

像三月下个不停的雨，悲伤从脚底蔓延，一直到心脏的位置。

"我爱你。"

　　她伸出伤痕累累的双手抱住他的脸，然后她凑近他，轻轻闭上眼睛，花朵般美丽的唇，印在了他的唇上。

　　跟着，她就化作了无数白色光点，混合在午后的阳光中，好似只是玻璃墙壁上，闪过的一道光影。

　　"呀。"种花人低头看向自己的掌心，那朵百合花，凋谢了。

　　花瓣卷曲着，从他的指尖掉落。

　　他不知道，这朵花，吻过他，爱过他，死，也想要死在他的身边。

　　他弯腰捡起那片花瓣，缓缓走到一棵含苞待放的百合花边上，他将枯萎的百合花放进花盆，像是在举行一场葬礼一般。

　　"你喜欢这些花吗？"心里很难过，我忍不住问。

　　他愣了一下，他抱起一只花盆，微笑着看着我，神色温柔极了："是的，我喜欢这些花。"

　　"不，应该说，我爱她们。"

　　微风拂过，明明玻璃花房里不会有风进来，可是我看到里面成片的百合，轻轻地摆动，那是最真切的呢喃细语，诉说着最美丽的爱恋。这柔情不知从何时开始，也不知到何时结束。

　　你对我温柔相待，我还你一往情深。

　　种花人告诉我，他叫林风辰，此生最幸福的事情，就是与花相伴。那天离开之前，他送了我一小盆百合花。

　　后来这盆百合被我养在阳台上。

05

从透明的玻璃花房里出来，我的心情变得有些低落。

像是有人在我心里挖了一个小小的坑，空落落的，我却找不到东西填进那个小坑里。

卡卡像是永远不会有烦心事，仍然保持着优雅的步伐走在我前面，起风了，花田里的花叶摇曳着，哼唱着人类听不见的歌谣。

成片的淡紫色薰衣草之间，有个穿白色校服衬衣的少年，乌黑的发，漂亮的眉眼满是温柔，他蹲在花间，小心收集着薰衣草上的露水。

和他在花田边上分别的时候，他手里的玻璃瓶里是空的，我送百合去找花田主人的这一会儿工夫，他已经收集小半瓶了。

他的表情很认真，很专注，专注到我有些不忍心打扰他。

正当我在纠结要不要在这里等他收集完露水的时候，沐修歌抬起了头，他的视线与我的视线在半空中撞在了一起，他的眼中带着笑意，温和明亮，像是春天里的暖阳一样。

"已经可以了吗？"他问我。

我轻轻点点头，不太想说话。

他站起来，将玻璃瓶塞上盖子放进书包里，迈开修长的大腿，一步一步穿过薰衣草向我走来。

卡卡慢悠悠地走到我前面，然后后脚发力，一跃而起跳上了沐修歌的

肩膀。

沐修歌笑着抬起手拍了拍卡卡的脑袋，卡卡很舒服地眯起眼睛。

"走吧，去学校。"沐修歌低声说。

我默不作声地跟在他身后往前走，心里还在想着那朵百合花的事情。

她离别前的模样，萦绕在我心头，挥之不去。

她说："樱语，下辈子，我想变成人类。"

变成人类吗？

"沐修歌……"我忍不住开口问，"你也想变成人类吗？"

沐修歌的脚步微微顿了顿，他说："大概这个世界上，除了人类自己，所有的生物都想变成人类吧。"

"愚蠢的小人鱼。"蹲在沐修歌肩膀上的卡卡，首先表示了抗议，"本猫就不向往成为人类。"

"没有问你，你给我闭嘴！"我瞪了卡卡一眼，这个时候的我多么希望，卡卡是只正常的不会说人话的猫。

卡卡哼哼了两声，低头专注舔自己的爪子，不过倒是很知趣地不再开口说话。

"变成人类，有什么好的……"我不明白。

一直以来，我听到了太多太多愿望，人类永远也不会满足于现状，所以才会有永不枯竭的愿望，贪婪、丑陋、自私，这样的生物，也会被如此向往吗？

"一直看着黑暗的地方，看得久了，就会忘记这个世界其实是多姿多彩的。"沐修歌轻笑着说，"樱语，当你不再待在黑暗中，你会爱上这世界。"

我会爱上这世界吗？

"走吧，再不走会迟到的。"沐修歌说完继续往前走。

我的思绪飘了很远很远，脑中闪现了许多张脸，可是那么多脸，那么多的表情，却没有一张让我感觉到真正的快乐。

"拜托帮我实现愿望吧，没时间了，就要来不及了。"一个女孩子的声音传入我的脑海中来。

还是那个女孩子的声音，这么久了，她竟然还没有放弃。

为什么呢？

为什么要对着一棵樱花树，许下虚无缥缈的愿望，等待着有人帮她实现愿望？

所有人都希望我帮忙，可是为什么从来没有人来帮帮我呢？

心中越发烦躁起来，沐修歌伸手，轻轻握住了我的手。

我惊了一下，猛地抬起头看他，他琥珀色的眼眸中，是大海一般深邃广阔的宇宙，奇迹般地，让我焦急的内心一下子平静下来。

"没事吧？"他的语气带着浓浓的关切。

"我没事。"我轻轻将手从他的掌心里抽出来，心里有种奇怪的感觉，心脏跳动的速度加快了一拍。

"嗯。"他抿唇微微笑了笑，露出一个让我十分安心的表情。

我下意识地回给他一个微笑。

仿佛乌云密布的天空，被一下子清理干净了一般，我感受到了大海一般的宁静。

那个许愿的女孩子，终于停止了许愿，我不由得松了一口气。

一路没有再说什么话，我和沐修歌带着一只猫，就这么一路走到了学校。

抵达学校的时候，第一堂课已经结束了，正是课间休息时间，教室里吵吵嚷嚷的。

卡卡从沐修歌肩上跳下来，爬上教室外面一棵高大的香樟树，隐藏在枝繁叶茂里，闭着眼睛呼呼大睡。

我没有进教室，而是径直去了校长室，我必须知道东方夜有没有找过他。

校长却不在办公室里，办公桌上的一盆兰花草告诉我，校长去了学校的小花园。

我走到小花园里，果然看到校长换了一身园丁服，正拿着水壶给花草浇水。

"校长。"我轻轻地喊了他一声。

校长抬起头来，见到我顿时就笑了起来："是樱语啊，怎么？找我有事吗？"

"我想知道一件事情。"我不打算跟他寒暄，直接进入主题问他，"昨天有没有人来找过你询问我的事情？"

校长的眼神有些困惑，他摇了摇头说："没有，怎么了？是不是发生什么事情了？"

"什么也没有。"我说。

随便和校长说了几句话，我以快上课了为理由，离开了小花园。

我问了一株趴在围墙上的爬山虎："校长说的是真话吗？昨天有没有什么特别的人来找过校长？"

正在晒太阳的爬山虎懒洋洋地回答我："据我所知，校长昨天在办公室里睡过了头，因为没人叫醒他，他睡到下午放学才醒。"

"谢谢你。"我若有所思地往前走。

这么说来校长没有骗我……

奇怪，这一路走来，我跟植物打听是否有人在学校里询问过我的事情，但清一色的回答都是没有。

难道说东方夜昨天并没有搜查学校吗？

这完全没有道理，那家伙的个性我还是知道得一清二楚的，不达目的决不罢休，不找到我，他怎么可能轻易离开这个地方？

"那，昨天在校门口，从劳斯莱斯上下来的那个男人，你们知道他的行踪吗？"我不死心地蹲下来询问一棵小草。

小草晃了晃叶子，和其他的草类交换了一下信息才回答我："你问的是那个穿着马靴的男人吧，他下了车在校门口站了一会儿，然后一个黑西装的男人跑到他身边汇报了一些什么，离得太远，我们没有听见他们说的话。然后那个人就回到了车上，司机开着车走掉了。"

"今天那些人还有来这里吗？"我问。

小草摇摇头说："没有，没有看到他们。"

"帮我留意，要是在校园里看到那个男人，想办法通知我。"我说完，转身朝教室走去。

虽然我一头雾水，不明白东方夜的宝葫芦里到底卖的是什么药，但既然他按兵不动，我也不必胆战心惊，大不了水来土挡火来水淹！

CHAPTER

十六夜蔷薇的忧伤 第三章

03

01

　　回到教室在位子上坐下来，我推开窗户，清澈的阳光洒进来，照在脸上暖洋洋的。我望着教室外面那棵香樟树，香樟树上的枝丫非常浓密，卡卡躲在里面睡大觉我竟然看不到。

　　"修歌，周末跟我们一去出去野营吧！"一个短发女孩跑到沐修歌的座位边上，她白皙的脸上因为激动而泛起一丝红晕。而其他女生则竖起了耳朵，显然非常关心沐修歌的回答。

　　"抱歉，周末我有事情。"沐修歌温柔的声音里带着一丝歉疚，"下次有机会再一起去吧。"

　　"好吧。"那个女生有些失望，不过并未多做纠缠就走开了。

　　我似笑非笑地看着沐修歌，挑了挑眉打趣他："那女生喜欢你，你为什么拒绝了？"

　　沐修歌不以为意地笑笑说："我不可能回应所有人的感情，不是吗？而且我也无法回应人类的感情，原因……你懂的。"

　　"好吧，我也就是随便问问。"我这才意识到我刚刚的问题，有些失礼了。

我和沐修歌，还没有熟悉到能够问这种问题的地步，虽然现在我离不开他，他离不开卡卡。

上午最后一节课终于结束了，下课铃打响的一瞬间，卡卡跟一道闪电似的从窗户外面跳了进来，教室里被吓到的小女生尖叫了一声，跟着就用好奇的眼神看着卡卡。

卡卡"喵"了一声，顿时引起一片惊叹声。

"好可爱的猫！"有个小麦色皮肤的女孩子冲过来，她在卡卡面前蹲下，伸手逗卡卡。

"怎么会有猫进教室啊。"女生们围了过来，应该是中午吃饭的点，但是这些女生显然没有去吃饭的打算，此时全部的注意力都被卡卡吸引过来了。

"卡卡。"我喊了一声，看着躺在地上打滚装可爱的卡卡……好吧，我真想装作不认识这个家伙。

"东方同学，这是你的猫吗？"脸上有小雀斑的可爱女生，睁大可爱的双眼望着我，"卡卡是它的名字吗？"

"是的。"我偷偷用警告的眼神看了卡卡一眼，这家伙万一得意忘形说出人话就糟糕了，到时候一定会被送去研究所解剖的。

"同学，你们不用去吃午饭吗？"我提醒了一声，然后径直走向卡卡，卡卡站起来抖了两下，昂首挺胸地走到我面前，"卡卡是来接我回家吃饭的，下午见。"

"还会接主人回家吃饭，好聪明的猫啊。"那女生赞叹一声，站在原地没有动，一直目送着我和卡卡往前走。

"沐修歌，你不走吗？"我觉察到沐修歌还没有跟上来，便停下脚步。

"等一下，马上来。"沐修歌拎起书包，另一只手抱起早上我从林风辰那里得到的百合花盆栽，"走吧。"

身后传来一阵窃窃私语声，我回头看了一眼，只见所有女生都用奇怪的眼神看着我。

"啧啧，小樱语，你成为女生们的头号公敌了。"卡卡有些幸灾乐祸地说。

"为什么？"我皱眉不解。

"因为你左边。"卡卡甩着尾巴走着直线。

我下意识地侧过头看了一眼，只见沐修歌正不紧不慢地走在我的左手边，我愣了一下，跟着便反应过来。

"不会吧。"我恍然大悟地说，"她们的想象力太丰富了吧，我和沐修歌才认识好不好！"

"我们已经认识很久了。"沐修歌淡定地否定了我。

"呃……虽然早认识，但是我没有留下什么印象嘛。"我说。

我说的是实话，就算当初因为人鱼一族的美貌外表，让他们在那么多的许愿者中间脱颖而出，让我隔了十年还能依稀回想起来，但那也只是仅此而已不是吗？

"就算没有留下什么印象，但也没有让你彻底遗忘不是吗？"沐修歌轻轻笑了笑，"走吧，我们回公寓，把这盆花放下来。"

"好吧。"他说的也挺有道理，一时间我竟然无法反驳他。

我本想在外面随便吃点儿什么再回去，沐修歌却阻止了我："外面的东西，吃多了对身体总归是不太好的。"

"但不在外面吃，回家吃什么？"我皱眉问他。

"回家自己做。"他说着，又补充了一句，"这顿我请你吧。"

"你会做饭？"我睁大眼睛不可思议地看着他，这年头，男生居然会做饭，"真的假的啊。"

他抿着唇笑了笑，被我这么问，也还是一副沉稳的样子："等一下你就知道真假了。"

半个小时后……

"小樱语！我要是你，我就不活了，你看看人家小修歌做的饭多好吃！"卡卡整个脑袋都埋进了碗里，边吃东西边口齿不清地嘲笑我，"你做饭简直就是一场灾难！"

"咯吱——"我咬牙切齿地盯着卡卡的脑门儿。

别拦着我，让我打死这只猫！

"怎么了？"坐在我对面的沐修歌轻声问我，"我不知道你喜欢吃什么，随便做了点儿，如果不合口味，你就告诉我。"

"没有，挺好吃。"我很小声地回了一句，我以为这家伙是开玩笑，没想到他真的会做饭，而且还能做得这么好吃！

"那就多吃点儿。"他笑着说。

"嗯。"我羞愧得几乎都要把头埋进饭碗里了。

从东方家逃出来，我也是想要自己做饭吃的，可是做了几次，不是把厨房弄爆炸，就是做出来的东西不能吃，比黑暗料理还黑暗！

吃完了饭，我用纸巾擦了擦嘴巴，卡卡的肚子圆滚滚的，跳上阳台的躺椅上晒太阳。

"我决定了。"我丢下纸巾，正打算宣告一下我的打算，阳台上忽然传来一阵闷响，跟着一个女孩子的声音，清晰无比地传进我的耳中来——

"樱花樱花想见你，樱花樱花，我想见到你。"

我感觉到一串电流从脚底一直蔓延到四肢百骸，僵在那里无法动弹，这个声音仿佛是一道魔咒，在一瞬间夺走了我行动的能力。

像是过了一个世纪那么久，我听到了沐修歌关切的声音："樱语？樱语你听得到我的声音吗？"

02

"啪——"脸上猛地一疼，我一下子恢复了意识，首先映入眼帘的是卡卡那张放大版毛茸茸的脸，在卡卡的边上，是沐修歌的脸。

这两张脸距离我非常近，近得让我一阵心惊肉跳。

我伸出手，一手一个，将这两张脸推开。

"有话好好说，别靠这么近！"我皱着眉问，"刚刚怎么回事，卡卡？我脸怎么有点儿疼，你是不是用你的爪子抓到我了。"

"哼，愚蠢的人类，若不是本猫拍醒你，你的灵识早就被喊跑了。"卡卡哼了一声，说，"还不快谢谢我。"

它这么一说，我顿时记起来，刚刚听到那个女孩子的声音，我整个人都无法动弹，并且身体里有什么东西，想要挣脱开来似的。

"到底怎么回事？"我不解地问，"那个女孩子已经纠缠我好久了，可是都没这样过，她对我做了什么吗？"

"她喊出了那句禁忌的话。"卡卡端正态度，只是毛茸茸的猫严肃起来，也透着一股浓浓的搞笑意味，"小樱语，在东方家这么多年，你到底学了些什么啊？"

我耸了耸肩，不以为意地说："我有什么是应该学的吗？"

卡卡长长叹了一口气，一副你没救了的表情："那么大概你对东方家的历史，也是一概不知了。"

"东方家的历史，知道一点儿，不过我对这个没有兴趣，所以小时候外婆告诉我的时候，我都没注意听。"我仔细搜寻着记忆里似是而非的记忆，只是隐约记得，外婆跟我说起过，东方家的特殊力量，来源于第一代东方家的女主人。

"东方家的第一代女主人，名字叫樱花。"卡卡甩了甩尾巴，在餐桌上坐下来，莹绿色的猫眼，比世界上任何一样宝石都漂亮，"那句'樱花樱花想见你'，是召唤樱花的咒语。但是樱花死后，那句话就变成了禁忌。"

"为什么？"我不太明白。

"还愿师。"卡卡盯着我缓缓地说，"东方家帮人实现愿望的人，世人称之为还愿师。第一代还愿师，也就是樱花，她血液里的能力，一代又一代地传给了东方家的女孩子。而樱花虽然去世了，但是她其实一直都还在。"

"什么意思？"我被卡卡说得一头雾水，"人死了，不就什么都没有了吗？"

"我的小樱语啊，樱花的血液传承了多少代，到你这一代，还有这种能力，就可以反向推理出樱花的能力一定是很强的。你认为人类有那种能力吗？"

"你是说，樱花不是人类？"我顿时瞪大了眼睛，我从未想过，东方家第一代女主人，竟然有可能不是人类。

"应该是精灵一族的吧。"一直默默旁听的沐修歌缓缓开了口，"精灵一族，天生能与自然界里万物沟通。樱语你的能力，源于草木，樱花大概是花草一类的精灵。"

"小人鱼说得不错。"卡卡一副孺子可教的表情，"樱花其实一直没有消失，她的灵识就沉睡在东方家子嗣的血液之中，一旦有人念了那句话，还愿师就可能失去灵识。"

我顿时打了个寒战，卡卡这么一说，我才知道刚刚有多危险。

"既然是东方家的禁忌之语，为什么会有人知道。"我心里有一种很不好的预感，"还有，卡卡你怎么会知道这么多？虽然你是一只特别的猫，但是再怎么特别，你也只是一只猫。"

"哼。"卡卡轻蔑地扫了我一眼，"别把我与那些只会装可爱的家伙混为一谈，小樱语，我在东方家族的时间，长到你无法想象。"

"好吧，那现在怎么办？"眼下最关心的，是那句禁语。

"樱语。"沐修歌问我，"为什么你会这么排斥继续做一个还愿师呢？"

"因为我不想为了东方家族牺牲我自己的人生，我不想当一个傀儡，不想做一个牺牲品。"我淡淡地说。

沐修歌沉默了一下，正想继续说什么，外面忽然响起了一阵敲门声。

"樱语樱语！"我听到摆在门口的那棵盆栽焦急地喊我。

"怎么了？"我问。

"快躲起来，外面来了很多人，其中一个就是你说的那个穿着马靴，戴着细框眼镜的男人。"盆栽焦急地说。

"东方夜！"我惊得站了起来，接着我就开始找地方躲，可是这套两室一厅的公寓，我竟然找不到一个足够安全的地方藏身。

"怎么办？怎么办？"我慌了神，像只没头的苍蝇一样乱转。

"别着急！"沐修歌一把抓住了我的手拉着我走向浴室，他将那颗海珠放进一盆清水里，跟着他将那天早上收集到的薰衣草露水倒了进去，卫生间里顿时就充满了一阵香气。

"你待在这里，别出声。"他说着，转身就要走。

"喂！你卫生间的门是玻璃的啊！我躲在这里，根本藏不住啊！"看

着他走出去，我忙喊了一声。

"闭嘴，你只要看着就可以了。"卡卡在我身边坐下，低喝了我一声，"他在这里设了个结界，我们能看到外面，但是外面的人看不到我们。"

我的声音戛然而止，不可思议地看着卡卡，不是吧，沐修歌还有这样的能力？

"你伸手试试。"卡卡说。

我伸手向前，然而手臂未能伸直，而是直接碰到了一个无形的墙壁上，我摸了摸，有种润润的、湿漉漉的感觉。

而在这个墙壁外面的沐修歌，忽然开始脱衣服！

我吓得连忙转过身，却好奇他想做什么。他背对着我，脱掉了上衣，然后拉过一件浴袍穿上，再拧开莲蓬头，将头发打湿，一副刚刚出浴的样子。

做完这些，他才打开卫生间的门走了出去，他径直走向大门，很从容淡定地打开了门："抱歉，刚刚洗澡没有听到敲门声。"

"没关系，方便我进去一下吗？"是东方夜的声音没错。

"当然可以。"沐修歌侧过身，将站在门口的东方夜让了进来。跟在东方夜身后的那些保镖并没有进来，而是一股脑地都守在外面。

沐修歌倒了一杯水放在东方夜面前，脸上挂着一丝礼貌的微笑："喝杯水吧。"

"谢谢。"东方夜端起杯子，浅浅喝了一口，"其实我在找一个人，想问问你有没有看到过。"

"什么样的？"沐修歌在对面沙发上坐下，手里抱着水杯，看上去十分稳重可靠的样子。

"她叫东方樱语，一头到腰的长发，猫一样的大眼睛，皮肤很白，带着一只猫，猫的脖子上有一颗非常漂亮的猫眼石，有印象吗？"东方夜缓缓地说。

沐修歌做出一副思考的样子，他想了一会儿，说："抱歉，好像没有见过这样的女孩子。"

"是这样吗？"东方夜笑得别有深意，我咬牙切齿地想，这个狡猾的老狐狸！

"嗯。"沐修歌仍然是一副淡定的样子，像是泰山崩于眼前都无法动摇他的表情。

"方便我在这里四处找找吗？"东方夜显然不是好打发的主。

"只要不弄脏我的屋子，不弄乱我的东西，请便。"沐修歌站都没有站起来，仍然悠闲地坐在沙发上喝茶，整个一副刚刚洗完澡，喝杯茶休息一下的样子。

东方夜冲外面点了下头，就有两个黑西装的保镖走了进来，东方夜也站了起来，他缓缓地朝我所在的位置走来，我立即屏住呼吸，随着他越走越近，心里也跟着越来越紧张。

终于，他打开了卫生间的门，目光在里面扫视了一圈，最后似乎不经意地停留在我的脸上。

被发现了吗？我心里不由得"咯噔"了一下。

我大气都不敢出一声，视线紧紧盯着东方夜，眼尾的余光瞥见沐修歌仍然一动不动地坐在那里，完全没有过来为我解围的意思。

就在我紧张到极点的时候，东方夜缓缓地移开视线，好像他什么也没有看到似的，转身朝门口走去，那两个保镖也找了一圈，并没有找到我。

"打扰了。"东方夜礼貌地说。

"没关系。"沐修歌低笑着答道。

03

"吓死我了……"在大门关上的一瞬间，我双腿一软，沿着墙壁滑坐在了地上。

沐修歌走过来打开卫生间的门，他直接穿过了那道无形的墙壁，将海珠从水中捞起来，轻轻放回原处。

"没事了。"他稍稍弯腰，朝我递过一只手，"看样子，就算有结界，这里也不安全了。"

"该死的东方夜。"我推开沐修歌递给我的手，只觉得恼火极了，"无孔不入的家伙！"

我自己试着站起来，哪知道刚刚站好就趔趄了一下，沐修歌抓住了我的手臂，将我扶稳了，拉着我回到沙发上坐好，他热了一杯牛奶放在我面前："喝杯热牛奶，不然晚上会做噩梦。"

"谢谢。"我接过牛奶，抬起头一口气喝完了。

"我要搬家。"我放下杯子，呼了口气说，"我得尽快搬离这个地方。"

"你要搬去哪里？"沐修歌双手交叠着放在桌子上，微笑着看着我。

"不知道，但至少得离开这个城市，那家伙肯定知道我就在这里。"离开这座城市，并非是心血来潮，其实上次在学校大门口看到东方夜，我就已经在思考这件事情了。

"你打算就这么一直逃避下去吗？"他轻声问我，"从东方家族逃跑，是为了自己的人生，可是我不认为，东躲西藏的人生，值得你大费周章地从家族逃跑吗？"

"没有人愿意东躲西藏。"我眉头皱了起来，心里有些不太愉快，"但比起被他们抓回去，我宁愿东躲西藏。"

"你难道从未想过，换一种方式吗？"沐修歌斟酌着用语。

"换一种方式？"我茫然地看着沐修歌，"难道是我逃跑的姿势不对？"

"呵。"沐修歌低笑出声，"为什么是逃跑，而不是光明正大地离开？"

"我不明白。"如果可以那样，我又何必躲躲藏藏。

"让自己变得足够强大，强大到别人无法左右你的人生，到那个时候，你才真正拥有了自由。"沐修歌缓缓地说，"难道，你从未想过这一种可能性吗？"

我愣住了，扭头和卡卡对视了一眼，我想过很多种逃跑的方法，可是沐修歌说的这一种，我从未考虑过。

因为东方家族，远比我看到的、想到的更加深不可测，那是几千年的底蕴，我一个人，能与那样庞大的一个家族对抗吗？

不过，似乎也并非不可能。

我翻出脖子上挂着的那个水晶花蕾，里面的光液已经累积了半瓶，如果我能够集齐一瓶的光液，当水晶花蕾开花，我就可以对着这朵花，许愿永远脱离东方家！

我顿时觉得自己简直太愚蠢了，为什么就没有想过这一点呢。

可是……

"变强的唯一方法，就是继续成为还愿师，帮人们实现愿望。"我心里条件反射似的，开始排斥。

"有差别的。"像是知道我在介意些什么，沐修歌说，"以前是别人帮你选择能够实现的愿望。但是现在，你可以自己去选择帮什么样的人，实现什么样的愿望。如果那个愿望值得你去帮，你就去帮忙实现，不好吗？"

"对啊！"我茅塞顿开，我一心只想要逃脱那样的宿命，可如果宿命逃不开，至少我能够自己去选择怎样去继续这样的命运不是吗？

"谢谢你，沐修歌。"我不安的内心终于平静了下来，"我想我知道要怎么做了，从今以后，我只实现那些无法用钱达成的愿望，我不会再让许愿者不劳而获，我要让他们明白，自己许的愿望，需要自己努力才能实现。"

"已经决定要去的地方了吗？"沐修歌微笑着看着我。

我点了点头："我要去青市，那个女生念出了禁语，我去看看她的愿望值不值得我出手，顺便查一查，她为什么会知道那句禁语。"

"好，那我们后天就搬家，明天去学校办理一下转校手续。"沐修歌当下就有了决定，一点儿都没有拖泥带水。

"呃，你离开这里没关系吗？我是说，你家人之类的。"我原本想让卡卡留在这里，我一个人去青市的。

"没关系的，你知道我家人都在深海，只有我一个在人类世界，他们不会阻拦我。"沐修歌笑着解释，"而且，在一个地方待得久了，也得去其他地方换换口味。"

"好，那就这么说定了。"我站起来，喊了卡卡，从沐修歌的房间走出来。

回到自己的公寓，我拿了衣服进浴室洗了个澡，然后爬上床闭上眼睛开始睡觉。

尽管沐修歌给我倒了一杯热牛奶，防止我夜里做噩梦，但是睡着之后，我仍旧做了一个梦。

是个美丽并且忧伤的梦。

梦里有一棵非常非常大的樱花树，背景是闪着白点的黑暗夜幕，微风拂过，樱花轻灵地飘落，有个长相非常漂亮的女子站在樱花树下。

她有一对尖尖的耳朵，凝脂一般的肌肤吹弹可破，一双浅樱色的眼眸，仿佛剔透的琉璃一般，她的目光温柔而忧伤，穿着一件长长的古代衣

衫，有一头漂亮的黑发，从后背一路蜿蜒垂在地上，她光着脚，左脚上系着一只铃铛。

我总觉得那铃铛有些眼熟，却想不起来在哪里见到过。

那个女子静静地看着樱花树下站着的一个人，那个人背对着我的视线，宽大的衣袍套在他清瘦的肩膀上，显得十分单薄。他的头发同样很长，从背影看是个男人，那画面明明很美，但是那种无法释怀的忧伤，却浸满了每一片樱花花瓣。

"樱花。"男人饱含深情地喊了一声。

我惊得一下子从梦里清醒过来，大口大口喘着气，一抹额头才发现自己满头大汗。

我怎么会做这样的梦呢？

梦里那个漂亮得如同手工娃娃的女人，她就是樱花吗？那么站在树下的那个男人是谁，东方家的初代家主？

可是樱花是家主的妻子，又怎么会用那么忧伤的语气喊她呢？

"怎么了？小樱语。"卡卡跳上床，寂静的夜里，清脆的铃铛声让我打了个冷战，猛地想起来，梦里那个看着眼熟的铃铛到底在哪里见过了。

不就是卡卡吗？

它脖子上系着的铃铛，和梦里那个女孩脚上的那一只一模一样。

"我做了个梦，我好像梦见了樱花。"我喃喃地说，"还有个人，一个男人，可是我看不见他的脸。"

"笨蛋。"卡卡钻进我的被窝里，轻轻打着呼噜，"你想多了，你又没有见过樱花，怎么知道她长什么样子，你只是听了我说的故事，下意识地记住了而已。"

"是这样吗？"总觉得不是这么简单，但我又想不出别的理由。卡卡说得没错，我并未见过樱花，就算要梦见她，也不知道她的样子啊。

"是这样的，快睡吧，困。"卡卡说着往我怀里钻了钻。

我抱着毛茸茸的卡卡，听着它的呼噜声，眼皮子开始发沉，然后不知道什么时候，再次沉沉睡了过去。

这一次没有再做奇怪的梦，直接一觉睡到了天亮。

04

青市是一座开满泡桐花的城市，这里的行人步调很慢，整个城市都很悠闲的样子。

在青市机场出口，两人一猫，十分吸引人的注意。

这两人一猫，正是我和沐修歌，那只猫当然是卡卡。

站在我们周围围观的人群，大多是少女，全都用迷恋的眼神注视着沐修歌。我暗自叹了一口气，人鱼美得惑人心神，哪怕不动不笑，周身也会散发出逼人的魅力。

"沐修歌同学，你还真是祸水啊。"我忍不住讽刺他，"看看，这些被你吸引来的女孩子。"

"那么那些男生是怎么回事。"沐修歌的嘴边挂着一丝坏笑，"总不

能男生也是我吸引来的吧。"

"都别吵吵了。"卡卡得意地往前走了一步，就地打了一个滚，那些女孩子们顿时就惊叫了起来。

"太可爱了！"

无耻！

我和沐修歌对视一眼，同时拖着行李箱，从少女们因为卡卡而空出来的缝隙里，飞快地走了出去。

总算是突围了，我听到一串清脆的铃铛声追了过来，跟着我就感到卡卡那家伙用锋利的猫爪勾住了我的大腿，并且四肢齐上，缠在我腿上，有种死猪不怕开水烫，我就是不下来你能奈我何的嚣张意味。

"你们这两个没良心的家伙！"卡卡抗议道，"本猫牺牲色相为你们解围，你们竟然丢下我直接就走了！太没有人性了！"

"闭嘴，你给我下来自己走！"腿上挂着个大胖猫，走起路来还是有点儿累的。

"哼，愚蠢的人类，乖乖地当本猫的车夫吧。"卡卡嚣张地说。

"你信不信我随时能打死你？"我怒了。

"卡卡，来这里。"沐修歌终于听不下去了，他拍了拍自己的肩膀，卡卡顿时跟狗见了肉骨头似的，脚下用力一蹭，跳上了他的肩膀。

我和沐修歌没有急着找住的地方，而是先去了一所学校，青市的青藤学院。

我们找到校长办好了入学手续，因为学校的校长跟原来那座学校的校长是老朋友，所以并没有为难我们，甚至还表示了热烈的欢迎。

从学校出来，我们在附近转了转，熟悉了一下环境之后，拎着行李包，搬进了一个四合院里。

这种住所我之前没有住过，不是高楼，都只有一层，一个院子里可以住好几户人家。我和沐修歌住在朝东的那排房子里，一共四间，正好我们一人一个房间，另外一个当厨房，一个当盥洗室。

这里已经偏郊区了，空气虽然比不上以前在东方家住的地方，但是比起大城市，却是好了很多。

搬家忙了一天很累，所以第一个晚上我睡得分外香甜。

早上起来，走出家门在院子里伸了个懒腰，说不出的惬意。

这时候，我看到对面的那排房子里走出来一个女孩子，看上去和我差不多大，剪着波波头，浓眉大眼，只是此刻她却满面愁容。

我知道她叫许小悠，在青藤学院念二年级，我和沐修歌会去那所学校，会搬到这么偏僻的地方，就是因为她。

因为她就是纠缠了我那么久，一直不放弃地对我许愿，并且说出禁语的那个女生。

我想要变得强大，强大到足够让我摆脱东方家，然后自由自在无拘无束地活着。我不打算再逃避了，因为那毫无意义。

"你好呀，我能问你一件事情吗？"我走上前去跟她搭话。

忽然被人叫住，许小悠显然愣了一下，不过她很快反应过来，抬起头看着我："我能帮你什么？"

"我能问下，从这里去青藤学院怎么走吗？我家人把我送到这里，有急事走了，我今天得去学校报到。"我发现我还是很有扯谎的天赋的，鬼扯起来脸不红心不跳。

"你是刚刚来这里的吗？"她听说我也是青藤学院的，表情就变得热切了一些，"我也是青藤学院的，一会儿吃完早饭，我喊你一起去吧。"

"那太好了！"我装作十分惊喜的样子，我说，"我是方语，以后就是同学了。"

没有告诉她我的真正名字，是因为我不想暴露。而且现在我还不知道，她是如何知道那句禁语的，我得先弄清楚她和东方家有没有什么特别的关系。

"我是许小悠，很高兴认识你。"她笑着说。

这么说了一会儿话，沐修歌从屋子里走出来喊了我一声："回来吃早饭。"

"好，我来了！"听说有早饭吃了，我立马转身往回走，沐修歌这家伙的厨艺太好了，做出来的东西十分对我的胃口，这个时候简直太谢谢卡卡了，要不是卡卡吞了他的灵石，我又怎么能天天吃到他做的饭菜呢。

"一起来吃点儿吗？"沐修歌微笑着问许小悠。

"不用了，我已经吃过了。"许小悠脸上微微一红，连忙说。

我一把拽住沐修歌的手臂，直接将他拖进了家门："吃饭吃饭。"

沐修歌在我对面坐下，似笑非笑地看着我，我被他看得有些不自在，"别看我啊，看我能吃饱吗？"

"你不愿意我喊她一起吃饭？"他的眼底闪过一丝狡黠的光，"为什么？"

"才没有，你想多了。"我端起粥碗，不敢抬头。

好吧，我的确有点儿心虚来着。

"是这样啊。"他笑得意味深长。

"当然是这样！"我抬高声音，心中有些茫然不解，我为什么要为了掩饰心虚抬高声音呢？

沐修歌喊许小悠一起吃早饭，不过是出于礼貌而已，我为何会有些介意呢？

一定是因为如果许小悠答应了，会分掉本应该我吃的那部分，一定是的！

我努力说服自己相信这一点。

"好吧，相信你了。"沐修歌促狭地笑了笑，将一根炸得脆脆的油条塞进了我的嘴巴里。

吃完了早饭，我和沐修歌收拾好书包，卡卡躲在我的书包里，仅仅露出一个脑袋在外面。

"方语，你好了吗？"许小悠在外面喊我。

"好了，马上来。"我背着书包走到她面前，沐修歌锁好门走过来。

"他也是我们学校的吗？"许小悠有些意外。

"是啊，他也是呢。"我拽着沐修歌的手臂笑着说，"以后我们就是一个学校的了，对了你在几年级啊？"

"我二年级的,你们呢?"她毫无防备地将她的信息告诉了我。

我惊讶地看着她,我说:"这么巧,我们也是这个年级的!"

当然不是巧合,在来这里之前,我就已经弄清楚了她的身份信息,知道了这些之后,我再用某些巧遇,与她很快地认识,这是最快最有效的方法。

05

一路上,许小悠跟我们说了很多学校的事情,这么看来她还是很健谈的一个女生,就是不知道为什么一开始见到她的时候,她会满脸忧愁。

之前她一直对着一棵古老的樱花树许愿,只让我帮帮她,却并没有说帮她做什么,这让我无法猜出困扰她的烦心事。

我问过这里的花草树木,但奇怪的是他们并不知道她的烦恼,因为在他们眼里,许小悠是个很快乐的女孩子,他们想不到有什么事情能将笑容从她的脸上夺走。

有点儿意思,这让我对这个女孩子产生了一点儿兴趣。

到校之后,照例是班主任将我和沐修歌带进教室,简单的自我介绍之后,我和沐修歌被安排在教室最后一排的位子上,因为只有那里有空着的一张长桌,可以坐两个人。

我将书包放下来,卡卡一下子跳进桌肚里去了,它探出一半身子趴在我的大腿上,毛茸茸的耳朵触碰我的手臂内侧,痒痒的。

许小悠就坐在我的右前方，她上课的时候很专注，看上去是个认真的好学生。

一整个上午我都没观察出什么，直到中午吃饭的时候，事情有了转机。

午饭的时候，我和沐修歌跟着许小悠去了学校的餐厅，我看到许小悠匆匆吃完了饭，站起来就出了餐厅，像是急着要去哪里。

会去哪里呢？

"走，跟上去。"我放下筷子，拎起装着卡卡的背包就追着许小悠走了出去。

沐修歌当然也跟了过来，我们两人一猫悄悄追着许小悠。她从学校的后门溜出去了，然后我们一路跟着她，越走越偏僻，再走了一段路我就知道她要去干吗了。

她要去许愿。

因为我已经看见了，在路的尽头，有一棵非常大的樱花树，只是那棵树已经快要枯死了。

"就在这里，别上前了。"我拉住了沐修歌，低声说，"一会儿要是我不对劲，请揍我一拳。"

"好。"卡卡举起爪子表示没问题。

果然，不多会儿我就听到了许小悠的声音，卡卡和沐修歌是听不见的，因为这是许愿的声音，只在我的耳边响起。

"拜托帮帮忙好不好，不是说一定有效果的吗？时间不多了，拜托

了。"她反反复复念叨着这样一句话，还是和之前一样，没有提及许愿的内容。

"她想做什么？"沐修歌轻声问我。

我无奈地摇了摇头："她没有说出什么愿望，只是要我帮帮忙。也亏得是我离家出走了，不然她这样的愿望，大概我永远不会聆听吧。"

"咦，她要去哪里？"卡卡的声音里带着一丝困惑，"她跑那么远去做什么？"

我抬头朝许小悠望去，只见她从樱花树前走开之后，继续往前走，那个地方更加荒凉一些，青市有山，而我们学校本身就建在山地里。

"看看去。"我追了上去，只见许小悠跑去了一片野生花丛中，她蹲在那里采了一大把的花，有蓝铃花，有绣球，还有几朵美丽的月季。

"她经常来这里采花吗？"我低头问一根狗尾巴草。

"也不是，她大概每隔一个星期会来一次吧。"狗尾巴草想了想说。

"谢谢你。"我将注意力重新放回许小悠身上。

许小悠已经离开了这片野花地，顺着来时的小路继续往前走，我们就这么一路跟着她，最后拐进了一家疗养院。

"她家有人生病了吗？"我皱着眉头不解地喃喃了一声。

"不像是家人。"沐修歌否定了我的猜想，"若是探望家人，不会特意拐去那么偏僻的地方，采那么多花。学生应该没什么钱，所以才会去采野花。"

"也对。"我恍然大悟。

跟着许小悠走进疗养院，顺着长长的走廊往前走，再拐了一个弯，一间开着门的病房就呈现在了眼前。

那把野花被插在了窗台上的白色花瓶里，那是病房里唯一的、有生机的色彩了。

我将视线从花上移开，一个穿着蓝色连帽衫的男孩子映入了我的眼帘。

"就是他了。"沐修歌豁然开朗地说，"我大概明白，为什么她的愿望并没有确定的某件事，因为她大概不是为她自己许的愿望吧。"

"你是说，为了这个男生？"我的眉头皱了起来，"你怎么知道的？"

"你自己看。"沐修歌的眼神中有一丝忧伤。

我看向许小悠，只见她的视线始终追随着那个男生，那是一种我看不太明白的眼神，虽然表面是明媚快乐的，但眼神深处，却悲伤得快要哭出来了。

"那个男孩子，是谁？"我问摆在我身边的一盆绿萝。

"你是说106室的那个吗？"绿萝顺着我的视线看去，跟着她叹了一口气，"他叫顾惜，是个让人心疼的孩子啊。"

"那么，那个女孩子和他是什么关系？"我心中隐隐约约有个猜想，会不会是许小悠喜欢顾惜？因为喜欢一个人而帮他许愿，这种事情最常见了不是吗？

"她是姐姐，是顾惜的姐姐。"绿萝却将我的猜想，彻底打碎了。

许小悠是顾惜的姐姐？

"可是他们的姓不一样啊。"我心中仍存在侥幸。

绿萝的表情变得十分悲伤，她说："当然不一样了，因为他们是同母异父的姐弟啊。"

"那生病的是谁？"我下意识地问，"是他们的母亲吗？"

"不是母亲。"绿萝摇摇头说，"住院的，是姐姐的恋人。"

我僵在了那里，我甚至以为自己听错了："姐姐的恋人？也就是，许小悠的男朋友？"

"是的。"绿萝叹了口气说，"那是个像蔷薇花一样的少年。我从未见过那样的孩子，他像黑暗中的一道光一样。"

像光一样的少年，那是怎样的存在？事情似乎并不是我想象的那个样子，我本以为这是个很无聊的愿望，可是现在看来，好像不是这样的。

"他怎么会躺在医院里呢？"我下意识地问，"是生病了吗？"

"不是生病。"绿萝轻声说，"他会住在医院里，是因为顾惜，是顾惜将水果刀刺进他肚子里的。"

CHAPTER
落在雨中的纸飞机 | 第四章

04

01

总觉得，那是个非常悲伤的故事。

我趴在桌子上，看着窗户外面，一只麻雀挥着翅膀消失在视线之外。

而天空阴沉沉的，像是要下雨了。

记得曾经有人说过，能用钱解决的问题就不算问题，问题是没钱。

我一度也怀疑，这世上会有愿望与贪念无关吗？纯粹的愿望，会存在吗？我不知道。因为得不到，所以才变成心里的一道心结，慢慢地，沉淀着渴望，最后这渴望变成了愿望，再慢慢地，这愿望不仅仅只是想想而已，人们会想去实现它。

那么许小悠的愿望，会是怎样的呢？我想知道答案，又有些害怕知道答案，总觉得那是一件让人难过的事情。

下午的课程终于结束了，我趴在桌子上不想起来，沐修歌帮我收拾书本，一切都整理好了，这才喊了我一声："走了，回家吧。"

"喂。"我伸手拽住他的衣袖，拉着他重新坐下来，"你说许小悠，她心里最想实现的愿望，会是什么呢？让那个沉睡的少年醒过来？"

"大概就是那样的吧。"沐修歌叹息般地说，"如果是那样的话，你能够实现吗？"

我苦笑了一下："虽然我能够与花草树木沟通，能够听到人们的愿望，但我不是神，我也不是医生，我哪里有本事让昏睡的人恢复意识？"

"所以，你想放弃许小悠吗？"沐修歌一针见血地问道。

我沉默了，我的确是有这样的想法，因为看到了，所以觉得那样的愿望，我是没有办法实现的，所以本能地想要从这里逃走。

"可是，在她眼里，也许你是唯一的希望。"沐修歌温柔地说，"如果连你也放弃她，那么她就真的……太可怜了……"

"但我也帮不到她啊，与其给她希望，再让她绝望，是不是一开始就没有希望比较好？"沐修歌说的，我都明白，我第一次知道，原来自己对于有些人来说，是救命稻草一般的存在。

曾经在东方家的时候，自然有人替我去决定实现什么样的愿望，那些愿望无一例外，都是可以用钱，或者用某样东西去实现的。许小悠这样的愿望，也许曾经我也遇到过，只不过被无视了。

心里像压着一块石头一样，难过得厉害。

我是不是也曾让绝望之中的人，找到一点儿点儿希望，却又在一次又一次的呼喊中，迎来绝望呢？

"先回家吧，外面看着要下雨了。"沐修歌给了我一个微笑，他拎着我的书包站起来，我从书桌里将卡卡抓出来，这家伙躲在里面睡着了。

"啊，终于可以回家了吗？"卡卡睁开眼伸了个懒腰，从我手上跳下

去，抖了抖浑身的毛，迈着猫步往外走，"回家回家，本猫都饿死了。"

"沐修歌……"走出教室，清冷的风吹在脸上，将围绕在我身边的低迷气压吹散了一些，我深吸一口气，让自己的内心安静下来，"如果你是我，你会怎么做？"

"我大概会再看看吧。"沐修歌想了想回答我，"既然已经来了，什么都不做，直接离开这里，是胆小鬼才做的事情。"

"我才不是胆小鬼。"我小声地抗议。

好吧，其实我就是个胆小鬼。

天空阴沉得越发厉害了，我和沐修歌刚刚到家，外面就哗啦啦地下起了大雨来。

我站在门边，看到许小悠顶着大雨冲进院子里来收衣服，她大概也是刚刚到家没多久。下午放学之后，她第一个跑出教室，大概是又去疗养院看那个男孩子了。

雨中的许小悠，显得那样纤细瘦弱，仿佛一只苍白的蝴蝶，逆着风雨飞舞着。

"我想帮帮她。"这一瞬间，我从内心深处有了这样的想法，"不管将要面对的是什么样的愿望，不管那样悲伤的故事我有没有勇气去听，我都想要……帮帮她。"

一只温暖的手轻轻握住了我的，我回过头，沐修歌不知道什么时候站到了我的身边。

"没关系的。"他的声音非常非常温和，让人有种很安心的感觉，

"没关系的，我在这里，不管多么困难，我都会帮助你的。你不是一个人在孤军奋战，你还有我啊。"

"沐修歌。"我怔怔地望着他，"为什么……"

"樱语！"卡卡蓦地出声打断我的话，"看外面！"

我将视线从沐修歌脸上移开，望向外面，只见瓢泼大雨里，许小悠和一个人扭打在了一起。那是个中年男人，穿着灰黑色外套，看上去流里流气的。

"住手！"眼见着那人的脚就要踢到许小悠，我飞快地冲进大雨里，然而有一个人比我的速度更快，在我刚刚站在许小悠面前的瞬间，那个打人的男人就被踹飞出去了。

是沐修歌，他脸上的温柔神色已经褪去，冰冷的雨水顺着他冷峻的五官滴下去，这是我第一次看到沐修歌露出这样可怕的表情，汹涌蓬勃的怒气在他周围迅速聚集，而他就站在暴雨中，看上去平静，但其实很危险。

"许小悠，你没事吧？"我连忙查看许小悠有没有受伤。她浑身颤抖得厉害，单薄的嘴唇上没有一点儿血色，一双乌黑的眼睛里满是恐惧。

她轻轻摇了摇头，颤抖着开口："谢谢你，我没事。"

"那是谁，需要帮你报警吗？"我关切地问她。

她再次摇摇头，只是这一次我从她的眼神里看到了愤怒和无奈，她说："让他走吧，不用管他。"

"给我滚！"沐修歌低喝一声，也许是被他的气势吓到了，那男人一句话都没说，逃也似的跑掉了。

我扶着许小悠进了她的家门，才进去就听到了一阵哭声。我愣了一下，循着哭声望过去，只见一个三四十岁的女人跪坐在地上哭泣。

沐修歌走过去，伸手将她扶了起来。

我这才注意到，她家里乱糟糟的，好多东西都被砸坏了，看上去就像是经历了一场可怕的打斗。

"怎么回事？"我的心一下子沉了下去，这一切都是刚刚那个男人干的吗？太可恶了！

"先让她洗个热水澡，换身衣衫吧。"沐修歌打断我的问话，"被雨淋湿了会感冒的。"

"也是！"沐修歌这家伙真不是一般的心细，谁做他女朋友，一定会非常幸福的。

想到这里，心里却忽地划过一丝尖锐的疼。

是啊，沐修歌，总有一天他会有喜欢的人，会和喜欢的人在一起，而且等到我找到另一颗灵石，他就不需要继续跟我待在一起了。

明明认识他才短短的几个月时间，可是我却好像习惯了他的存在。

啧啧，果然一个人不寂寞，寂寞的是习惯了另一个人的存在，又要回到一个人的状态。

02

一个小时后，许小悠才在凳子上坐下来。

在许小悠去洗澡的时候，我和沐修歌帮忙将乱七八糟的家具物件放回了原位，也是这个时候我们知道了，刚进门时跪坐在地上哭的那个女人，是许小悠的妈妈。

"谢谢你们啊。"许小悠的妈妈叹着气说，"不然……"

"阿姨你别这么说。"我忙说，"我们是小悠的同学，而且今天早上，小悠才帮了我们。"

"刚刚那个人是谁？"我想了想，最终还是问出了这个问题。

屋子里沉默了一下，几秒钟之后，许小悠缓缓地开了口，她近乎咬牙切齿地说："他是我的爸爸。"

虽然隐隐约约猜到了一点儿什么，但是听她亲口告诉我，还是让我觉得很意外。

"我去做晚饭，你们留在这里吃晚饭吧。"许小悠的妈妈这个时候站起来，走进了厨房。

我本打算说不用了，不过沐修歌冲我轻轻摇了摇头，拒绝的话就没能说出口。

客厅里只剩下了我们三个人。

哦，不对，还有一只趴在沙发上呼呼大睡的懒猫。

许小悠手里捧着一杯茶，她的手指无意识地摩挲着杯子，好久好久，她终于开了口："你们觉得奇怪吧，为什么我爸爸会这么对我。"

"嗯。"我没有否认。

我确实很奇怪，在疗养院里，绿萝告诉我，她还有个同母异父的弟

弟，那么这个男人，是她的亲生父亲，还是她的继父呢？

如果说是继父打继女，这个倒是不稀奇，但……总觉得，事情不是这样的。

"如果可以，我真的希望那个人不是我的爸爸，我希望我的身体里没有他一半的血液。"她的眼神满是愤恨，而愤恨的尽头，却是化不开的悲伤。

"如果不介意的话，能说给我听听吗？很多东西一个人藏在心里，会憋出病来的吧。"我轻声说。

"我去帮阿姨做饭吧。"沐修歌适时站起来朝厨房走去。

"这样怎么行？"许小悠想去拦住沐修歌，"你们是客人，我去帮忙就好。"

"让他去吧，修歌做饭很好吃的。"我抓住许小悠的手臂，将她按在了凳子上，"现在没有别人在，你可以告诉我，你的故事吗？"

许小悠沉默不语，眼底有挣扎的神色。

"或者不告诉我也可以，毕竟对你来说，我们还不熟悉，等什么时候，你想找个人诉说，而你愿意相信我的时候，再告诉我吧。"我说。

她轻轻摇了摇头，她说："不是的，我不是不相信你，说实话，不知道为什么，方语，见到你，我总觉得很亲切，好像我们已经认识很久很久了一样。我只是在想，我要从哪里说起比较好。"

"那就从头说起吧。"我轻声说，"不管多长的故事，我都会认真地听完的。"

她很感激地看了我一眼，她想了想，像是在组织语言，过了一小会儿，她缓缓地开了口。

故事的源头，一直追溯到她记事起。

在许小悠的印象中，好像最初的最初，就是没有止境的争吵，是翻箱倒柜的巨响，是妈妈的哭声，是爸爸凶狠可怕的吵闹声。

是的，别的孩子记忆里，快乐的童年回忆，她从来都没有经历过。

那些黑暗的记忆中，唯有一样是这么多年来，回忆起来就觉得温暖的。

那有关于一个大她三岁的少年，他有个非常非常温柔好听的名字，叫苏乔汐。那时候她和妈妈还住在另一个地方，苏乔汐是邻居家的小孩，是许小悠羡慕的那类小孩。

他从出生起就被所有人喜欢着，他永远穿着干干净净漂漂亮亮的新衣服，口袋里永远放着一块香香的手帕，许小悠第一次见到苏乔汐，差点以为他是个女孩子，因为他长得非常清秀，又总是文文静静的，像个小女孩。

那天爸爸妈妈又在吵架，她被爸爸丢过来的一只玻璃酒杯砸中了脑袋，她没有哭，因为她哭了之后，会让爸爸更加狂躁，她就会收获更多的疼痛。

她捂着脑袋走出家门，坐在小区公园里的秋千架上，小声地哭，那时候是黄昏，橙黄色的夕阳照下来，在她的记忆里留下非常重的一笔，以至于隔了这么多年，她仍能回忆起那天发生的事情的全部细节，公园里长

着什么样的花草树木，还有苏乔汐朝她走来的时候，被夕阳映在地上的影子，全部的一切，都非常清晰地记得。

苏乔汐踩着一地的夕阳朝她走来，他静静地看着她，然后从口袋里翻出一块纯白色的帕子递给她，他的声音充满稚气，一板一眼，好像一个小大人似的。

"擦擦眼泪吧。"他在她身边吊着的另一只秋千上坐下来。

秋千架发出"咯吱咯吱"的声响，大雁嘎嘎地叫着从遍布晚霞的天际飞过去，许小悠接过了白色帕子，苏乔汐给了她一个十分灿烂的笑脸。

那个笑脸混合着暮色黄昏，一同印入她的脑海，刀刻一般地深，怎么样都忘不掉。

"给你吃吧。"苏乔汐给了她一颗巧克力。

巧克力有点苦，可苦味消失之后，就是温暖的甜味。

她后来走了很多地方，穿过大街小巷想要再买一次那样的巧克力，然而却一次都没有买到过。

因为那不只是巧克力而已，对于许小悠来说，那是这个世界上最好吃的巧克力，也是无法复制的巧克力，那个味道，仅仅只能存在于回忆之中。

许小悠四岁那一年，爸爸因为过失伤人被抓了起来，而妈妈带着她敲开了一个律师家的大门，那一年，爸爸被关进了监狱，而爸爸因为长期虐待殴打妻子孩子，被法院强制判定与妈妈离婚。

那个家终于解脱了，许小悠的人生，也仿佛是一直下着大雨的阴天终于放了晴。

第二年，妈妈和顾叔叔结了婚，没多久弟弟顾惜出生了。

后来的时光是平静的，直到顾叔叔生病，他病得很厉害，因为不想花光积蓄，他放弃治疗，短短三个月就去世了。

顾叔叔对许小悠很好，因为他不会打她骂她，会给她买新衣服，会问她饿不饿冷不冷。她记得，小时候顾叔叔对她说："小悠，你也可以像小惜一样，叫我爸爸的。"

然而她总觉得叫不出口，后来她想喊他一声爸爸，他却怎么也都听不到了。

人生啊，有时候就是这样悲哀，就是这样残忍，就是这样……不留一点儿余地。

所以有些话，想说就不要迟疑，有些人想见就去见一见，因为也许错过了，就是一辈子的遗憾。

我们没有意识到，很多人一转身，就再也无法遇见了。

03

顾叔叔死后，妈妈带着许小悠和顾惜，三个人一起生活。虽然清苦一点儿，但是过得也算是快乐。而苏乔汐也一直很照顾他们，顾惜很崇拜苏乔汐，他最大的梦想就是变得和苏乔汐一样强大，强大到可以保护妈妈和姐姐。

如果生活就这么走下去，那也算是一种圆满与幸福了。

然而老天爷似乎不愿意看到许小悠活得快乐，许小悠十五岁那年，也就是两年前，入狱十年的爸爸出狱了。

他找到许小悠的妈妈，他跪在地上求她再给他一次机会，他已经改好了，已经不会再做那些混账事了。而就在这时候，念小学的顾惜回来了。

爸爸知道许小悠的妈妈已经再嫁之后，当场就翻脸了，他打了妈妈一顿，将妈妈身上全部的钱都拿走了。后来时不时地，他总会出现，走的时候，总会拿走一些什么。

"妈妈，我们搬走吧，我不要再看到他了！"终于，许小悠再也不想忍受这样的生活了，"那简直不是人，他是魔鬼！"

"可是我们能去哪里？"妈妈默默地哭，"我们没有钱搬家。再忍忍吧，或许……或许他不会再来了。"

"可是我们还要忍到什么时候啊。"许小悠根本不相信妈妈的说辞，因为每一次她都是这么说的。

她跑出家门，去公园的秋千架上坐下来，每当她不高兴，心情沮丧的时候，她就喜欢到这里坐一坐。

"小悠。"苏乔汐正好回来，他比小悠大两岁。

"乔汐。"见到苏乔汐，许小悠的心情稍稍好了一些，"你回来了啊。"

"嗯。"苏乔汐在她身边的秋千上坐下来，"怎么了，心情不好？"

"那家伙又来了。"许小悠恨恨地说，"真希望他永远消失掉！这个世界上，怎么会有那么坏那么讨厌的人。更讨厌的是……我身体里竟然还流着那个人的血！"

"会结束的，一定会有结束的那一天的。"苏乔汐伸手摸了摸她的头，"还有我，我会保护你的，小悠。"

"谢谢。"许小悠的眼圈顿时就红了，"为什么你总对我这么好呢，乔汐？"

"说什么傻话，我不对你好，我对谁好呢？"他笑起来，美好得不可思议，若不是他就在眼前，许小悠绝对不会相信，这世上竟然会有这样温柔美好的少年。

"你会一直对我这么好吗？"许小悠怔怔地望着他，"乔汐一定很受欢迎吧，前几天还有女生来找你的呢。"

苏乔汐愣了一下，随即笑了起来："你害怕我被其他女生抢走吗？"

"我知道这样想是不对的，因为乔汐你不是我的所有物，如果说我是一棵无根的野草，那乔汐，你就是一株美丽的蔷薇花，我靠着你花瓣上滴下来的露珠存活。但我知道的，蔷薇花不是小草的，蔷薇花应该和更加美丽的花开在一起。"许小悠说着，眼泪却落了下来。

"很不安吧。"苏乔汐低低地说，"其实小悠你，是喜欢我的吧。"

许小悠错愕地看着苏乔汐，自己决定隐藏一辈子的心事，被人一下子就猜中了。

"傻瓜。"他笑得很轻很淡，眼底是一片怜爱，他伸手触了触她的脸，然后他忽然倾身，轻轻吻了吻她的额头。

夕阳将这画面，晕染成最美丽的初恋画卷。

"那么，从今天起，苏乔汐是许小悠的男朋友。"他缓缓地，用带着微笑的声音说，"这样，会安心一点儿吗？"

她怔怔地望着他，像在仰望自己的信仰一般，在这一瞬间，对这个人的喜欢到达了极致。

如果时间能够停留在这一秒该有多好，那样一切就不会走向毁灭。

那天是许小悠的十六岁生日，苏乔汐来家里给许小悠庆生。

那个人，是在许小悠切蛋糕的时候进来的。

他喝得醉醺醺的，已然有些神志不清，他说："今天是小悠生日，我来给小悠过生日来了。"

"你给我滚！这里不欢迎你！"许小悠一下子就炸了。

他醉得猩红的双目死死盯着许小悠，他说："长大了翅膀硬了？我是你爸爸！"

"你不是！"许小悠大声说，"我没有你这样的爸爸！"

"啪——"一个狠狠的耳光甩过来，许小悠的嘴角边流出了殷红的血。

"你打我姐！"顾惜怒气冲冲地扑过去，"你竟然敢打我姐，我不许你打我姐！"

"滚开！"那个人一把推开顾惜，径直朝妈妈走去，他一把揪住妈妈的头发，狠狠地摔在了桌子上，蛋糕"吧嗒"一声掉在了地上，摔了个稀巴烂。

这一刹那，对这个人的恨侵占了全部，许小悠的眼睛里，只有那把水果刀，她冲过去，抽出那把刀，她拿刀逼近爸爸，她说："你走不走，你不走我杀了你！"

"你敢吗，你来啊，你杀啊！"被酒精麻木了理智的爸爸，被许小悠的举动激怒了，他走上前想要夺下许小悠手里的水果刀，"你杀了我，你要去坐牢的！"

"坐牢就坐牢！"许小悠和爸爸扭打在了一起，然后就是一片混乱的扭打。

接着，许小悠完全不记得事情是怎么发生的，她看到了很多血，殷红的血从苏乔汐的肚子里流出来，顾惜脸色苍白得仿佛一张纸片似的，他的手上握着的那把水果刀，满是血迹。

"杀人啦！"醉得一塌糊涂的爸爸，在看到血的一瞬间，终于清醒过来，他满眼恐惧地落荒而逃，留下满地狼藉。

"快叫救护车啊！"许小悠扑上去，她用力揾住苏乔汐的肚子，血不要流得这样快，不要这样快，不要夺走她生命里，唯一的那道光。

拜托，真的拜托，不要熄灭她黑暗世界里的，救赎之光。

04

然而命运的残酷就在于，它不会照着人们所期待的方向前进。

苏乔汐伤在肝脏，失血太多，造成大脑缺氧，而就算手术及时，他也

因为脑部缺氧而陷入了漫长的沉睡。

顾惜误伤了苏乔汐，因为他还小，加上误伤，并没有判刑。但是顾惜自己，却给自己判了死罪。

他没有办法原谅自己，哪怕那只是混乱之下的误伤。他的心被关在厚重的牢门背后，他跪在苏乔汐爸妈的面前，求他们将他送去监狱。

苏乔汐的爸妈一开始也无法原谅他，当然现在仍旧没有原谅他，他们罚他一直照顾昏睡不醒的苏乔汐，让他一直看着苏乔汐，让他知道自己对他做了些什么。

时间一晃就是一年。

苏乔伊的伤口早已经愈合，可是他却怎么也醒不过来。

而最近，他的情况还在恶化，医生说，再醒不来，就要宣布死亡了。

那个害得他们这么惨的家伙，在隔了这么久之后，竟然还敢上门，他赌光了钱，跑来跟许小悠的妈妈要钱，他翻箱倒柜，终于许小悠忍不住将他推到外面，他们扭打在了一起。

跟着，就被站在门口的我看到了。

许小悠说说完了她的故事，客厅里陷入了死一般的安静。

我心里一阵一阵地疼，我以为我做好了足够的心理准备，然而当我听完整个故事，我才知道我根本没有一点儿心理准备。我不知道这世上竟然会有人悲惨到这样的境地，像是上天将所有的不幸都赐予了这个人一样，那种被按进水中，怎么样都无法呼吸空气的绝望感，快要将我吞没了。

"对不起，让你说这些痛苦的事情。"好久好久，我才找回自己的声音，"很难受吧。"

许小悠苦笑了一下，眼神却有一丝解脱，这些事情大概她也没有跟其他人说起过，事实上她应该也没有什么朋友，在学校里的时候，她一直都是一个人。

痛苦的事情没有人能够分享，只能在心底越酿越沉，最后变成一个庞然大物，压得人无法呼吸。

"许小悠。"我抓住她的手，郑重地对她说，"我会帮你的，我一定会帮你的。"

不管结局如何，不管我能做到什么样的程度，但是许小悠，我不能眼睁睁看着你溺水，我没有冷漠到那样的地步，人心其实很柔软，很温暖，我想让这个姑娘，真正开怀地笑一次。

"谢谢。"她哽咽着说，"其实你听我说这些，我就已经很感谢你了。我是个不幸的人，跟我走得近了，也会变得不幸的。"

"不会的，傻姑娘。"我轻轻抱了抱她，"听说过这句话吗？当你再也没有任何东西可以失去的时候，就是你开始得到的时候。一切都会变得好起来的，要一直相信奇迹的存在，奇迹才会眷顾你。"

她怔怔地望着我，好一会儿她才点点头，她笑了："嗯，我从未放弃奇迹，也没有放弃过希望，虽然奇迹和希望，从来都没有眷顾过我。"

"吃饭了。"沐修歌的声音从门边传来，他身上穿着一件围裙，应该是许小悠妈妈的，看上去有些让人发笑。

"嗯，吃饭吧。"许小悠深吸一口气，眼睛里聚集起来的水汽，一瞬

间消失得无影无踪。她是个坚强的姑娘，一直都是。

在许小悠家里吃过饭，我和沐修歌带着卡卡回到了自己的家。

关上家门，疲惫感铺天盖地朝我袭来。

我在沙发上坐下，沐修歌倒给我一杯水，他在我对面坐下，轻声问我："她的故事，你都知道了吗？"

"嗯。"我轻轻点点头，然后缓缓地，将这个忧伤的故事，告诉了沐修歌。

说完了之后，我问他："有没有什么办法，能够让植物人醒过来？"

他想了想，说："我记得深海里有一种灵石，能够治愈一些创伤，可是那灵石很难找，在大海里要找到那颗石头，无异于大海捞针，我害怕时间上来不及。"

"没关系！"我一下子雀跃起来，哪怕有百分之一的希望，那都有可能让苏乔汐醒过来，只要他醒了，顾惜就不会再让自己的心继续封闭在牢笼里，而许小悠悲惨的生命中，那道耀亮她黑暗的光芒就会重新亮起来。

"我会留在这里，我和许小悠一起看看有没有办法让苏乔汐的情况稳定，至少不再继续恶化下去，我会争取时间，一直到你回来为止。"我的心跳得非常快，心情从未有过的好，"无论如何，我一定要让苏乔汐醒过来，这是我脱离东方家，第一次自己去完成一个愿望。我想完成它，我想让那个姑娘，快乐起来。"

"好。"沐修歌点了点头，"那明天我们就分头行动，你和许小悠待在医院，记住让许小悠和苏乔汐说话，说说曾经发生的一些美好的事情，这样苏乔汐听到了，会有求生意识的。你想办法留在医院，无论如何都不要让医院宣布苏乔汐脑死亡。"

"放心，我一定会做到的。"我说。

"不过有个问题。"沐修歌说，"我回到深海，需要那颗海珠，可是海珠被我带走的话，你就没有办法隐藏自己的气息了。"

"没关系！"被东方夜抓到，大不了就是被押回东方家，继续成为一个傀儡，我有办法逃出来一次，就有办法逃出来第二次。但是如果不这么做，苏乔汐就有可能救不回来了。

第二天，我送沐修歌和卡卡去机场，卡卡被装在宠物笼子里。

"一定不要被抓到。"沐修歌的目光深邃无比，"在这里，等我回来。"

"放心，我一定会等你回来的。"我扭头看向卡卡，"卡卡，你路上可别说人话，暴露了被拿去解剖我可不救你。"

"哼，本猫才不像你这么傻。"卡卡轻蔑地哼了一声，"小樱语，别太想我呀。"

"放心，我一定不会想你的！"我说。

看着沐修歌和卡卡上了飞机，我转身往回走。

到家之后，推开家门，空荡荡的屋子让我有些寂寞。

卡卡这只笨猫，才离开，我就开始想你了。

想念的只是卡卡吗？或许，还有别的人吧……

我浑身猛地一震，除了卡卡，还有谁呢？沐修歌吗？

不不不，我一定只是想念他做的饭菜！

嗯！一定是这样的！

05

我向学校请了个病假，然后堂而皇之地住进了苏乔汐所在的那家疗养院。

苏乔汐一开始是住在医院的，只是加护病房的费用太高，所以转到疗养院里静养。我特地要了苏乔汐隔壁那一间房。

"咦，你生病了吗？"那株绿萝满脸诧异地看着我。

我轻轻摇了摇头，指了指苏乔汐所在的那间病房，绿萝愣了一下，随即瞪大眼睛看着我："你别告诉我，你打算弄醒他。"

"怎么，有问题吗？"我瞥了她一眼。

"没有没有，绝对没有。"绿萝似乎非常高兴的样子，"就这么愉快地决定了，太期待那个男孩子睁开眼睛了，他一定有一双非常美丽的眼睛。"

"怎么，你喜欢那个男孩子吗？"我打趣她，"前段时间，我遇到了一朵爱上种花人的百合，今天又遇到一株爱上沉睡少年的绿萝吗？"

"别胡说啦。"绿萝脸上蓦地一红，"我就是想看看，他醒来的样子。"

"放心，一定能看到的。"我拍着胸脯保证。

"你怎么这么有信心？"绿萝问我。

是啊，我为什么这么有信心呢？是相信我自己，还是相信沐修歌？我为什么会这么相信他，好像在我们还是陌生人的时候，我就不曾怀疑过他。

"小樱语？"绿萝见我迟迟没有回应，便轻轻喊了我一声。

"啊？哦，刚刚走了下神，总之你等着看好了。"我说。

"咦，前几天跟着你一起来的那个男孩子呢？"绿萝终于发现了沐修歌不在这里，这家伙有够迟钝的。

我回答她："他有点事情要离开几天。"

"呀，小悠来了。"绿萝说。

许小悠来了，我没有继续跟绿萝说下去，我走上前去，许小悠见到我很意外，她说："你怎么会在这里？今天上课，你和沐修歌都没来，你生病了吗？怎么穿着病号服？"

"不要一下子问这么多问题嘛，我都不知道先回答哪一个了。"我笑着说，"我身体一直不太好，最近老毛病又犯了，家里让我来疗养院休息几天，沐修歌家里出了点事，得回去几天。"

"是这样啊，你身体要不要紧，生病很难受吧？"许小悠关切地问我。

我顿时就有点罪恶感，竟然欺骗了许小悠的感情。不过这罪恶感来得快去得也快，因为我来这里，也是为了帮助她嘛。

"还好，我这个病静养几天就好，没事的。"我说，"你来这里，是

看苏乔汐的吗？"

许小悠的眼神暗了下去，她轻轻点了点头："是啊。"

"这花真好看。"我指着许小悠抱在手里的那些野花，"是你采的吗？"

"是啊，我没有什么东西能送给他的，只有这个了。"她从那把花里，抽出一朵白色的月季花递给我，"给你一朵。"

"谢谢。"我接过来，"我也想看看苏乔汐，可以吗？"

"当然可以，跟我来吧。"许小悠说着，转身在前面带路。我有很多次机会可以自己来看苏乔汐，可是我却不想这么做，我希望我第一次见到这个少年，是在许小悠的陪伴下。

病房里很安静，仿佛时光将这里遗忘了一样。

有个少年趴在窗台上睡着了，苍白色的日光透过窗户照进来，洒在他的脸上，他脸上的每一根细小的绒毛都清晰可见，他是顾惜，上次我和沐修歌跟着许小悠来的时候，看到过他。

我转过身，许小悠的声音传进我的耳朵里："他是苏乔汐。"她指着病床上昏睡的那个少年说。

"乔汐，这是方语，是我的好朋友哦，你看，我有朋友了呢。"许小悠一边说一边将新采的花插进花瓶里。

我的视线从白色的墙壁拂过，最终落在了病床上。

这是我第一次见到苏乔汐。

因为长期昏睡而苍白的脸孔，长长的眼睫在眼下留下一片扇形阴影，他单薄的唇因为没有血色而泛着白光。

十六夜的蔷薇花。

在看到他的一瞬间，浮上心头的是这样的印象。怪不得绿萝这样形容他，的确是这样的少年啊。

"你好，苏乔汐。"我弯腰将那朵白色的月季放在他的手上，"初次见面，请多指教。"

"他听不见的。"一个倔强的少年声音，从我的身后传来。

"不，他听得见的。"我没有回头，我知道那一定是顾惜的声音，"他只是醒不来，他还活在这个世界上，只要还活着，他就一定听得见的。"

然后我转身，径直望着顾惜的眼睛："只要心没有被关上，只要对这个世界还有所眷恋，那么他一定希望听到这个世界的声音。"

"他希望听到你的声音。"我的视线从顾惜身上移开，落在了许小悠的脸上，"和他说说话吧，告诉他你还在等他醒来，告诉他你很想念他，只要思念传得足够远，那么无论他在什么地方，哪怕一只脚已经踏进了忘川，也一定会循着你的声音，回到这人间。"

许小悠轻轻笑了起来，像初夏的栀子花一般，纯白无瑕，有种晶莹剔透的美丽，她问我："真的吗？只要思念传递得足够遥远，他就能跟着思念的声音回来吗？"

"真的。"我点头，"所以不要放弃希望，一定不要放弃希望。"

"我从未放弃过希望的。"许小悠喃喃地说，"一直都没有。"

"不。"我轻轻摇了摇头，"我要你真正地，真正地开始期望。"

她说她没有放弃过希望，这才是最奇怪的。因为奇迹一次都没有出现过，所以她不知道奇迹是什么样子的，不曾见过，又怎么期待？

要到这个时候我才明白，为什么那片野花，那株绿萝，提起许小悠的时候，眼底都有一抹悲伤。

因为她其实从未真正地怀抱希望。一直期待奇迹，是因为奇迹从未出现过，这期待不过是欺骗自己，好让自己继续走下去。

有时候希望比绝望更可怕，绝望是因为有过希望。

一直怀揣着希望，是因为连绝望都不曾经历过，那是比绝望更加让人绝望的存在。

"他会醒来的，小悠。"我握住她的手，我想让她觉得自己并非一个人，"失望吧，绝望吧，然后，再一次拥有希望吧。"

许小悠静静地看着我，就这么一直看着我，我从她漆黑的眼眸深处，只能看到无边无际的黑暗。

黑暗的希望，那是她悲哀的生命里，最可悲的绝望。

CHAPTER

愿日月星辰与你为善 | 第五章

05

01

真正的愿望，是从灵魂深处涌上来的，无比强烈，无比肆意。

我曾以为，我听不到许小悠的愿望，是因为她没有许愿，她是替别人许的愿望。

然而不是这样的，在看到许小悠眼底的黑暗的时候，我才明白，为什么那么长时间，我都只能听到她的声音，而听不到她许愿的内容。

因为她从来不曾拥有过真正的愿望。

希望啊，奇迹啊，愿望啊，这些对于许小悠来说，都只是为了存在而存在。

因为活着太痛苦，所以给自己一点儿活下去的理由。

"你真正的愿望，是什么？"我看着她的双眼，轻声问她，"小悠，告诉我，你有愿望吗？"

"我有愿望啊。"许小悠的声音里，一丝感情都没有，枯燥的，干涩的，仿佛她只是一个机器人一般，"每个人都有愿望，我也不例外的。"

"所以，告诉我，你的愿望是什么呢？"我不能不管她，在第一次见到她之后，我就有一种想从她面前逃跑的冲动。

那不是因为我也许没有办法实现她的愿望，让苏乔汐醒过来。

那是因为她浑身散发出一种死亡的气息，她随时都可能撑不住而去死。

她会死，一定是我的错，是我没有握住她攀在悬崖上的手，所以她才会去死。

许小悠，我不会逃跑，我一定会牢牢抓着你的手，将你从悬崖边上拉上来的。

所以，许小悠，你可以试着贪心一点儿，对这个世界有所期待吧。

所以——

"告诉我，你的愿望吧。"我轻声说。

"醒过来。"她艰难地，满含犹豫地，念出了这三个字。

"他会醒过来的，一定会醒过来的。"我用力抱住她，我感觉到她在轻轻地颤抖，这战栗仿佛是从灵魂深处传来一样，让人心生暖意。

听到了，你的愿望，我清清楚楚地听到了。

"自欺欺人好玩吗？"顾惜冷冷地打断了我的话，"与其让人怀抱着虚无的希望，不如绝望一点儿好吧。"

我松开许小悠，看向顾惜，我问他："那么，你已经对这个世界绝望了吗？还是你已经不期望苏乔汐能够清醒过来？"

"不会醒来了。"顾惜低下头，长长的睫毛挡住了眼眸，我看不到他眼底是怎样的眼神。

"乔汐哥哥已经，不会再醒过来了。"顾惜冷冷地说。

"要不要打个赌？"我走上前，抬手按住他的下巴，强迫他抬起头，我盯着他的眼睛问他，"你敢不敢跟我打个赌？"

"你要跟我赌什么？"他一副无所谓的样子，"我已经一无所有了，已经拿不出什么来跟你赌了。"

"有的。"我很肯定地说，"你并非一无所有。"

他愣了一下，显然不明白我为什么要这么说。

我笑了笑说："我们就赌乔汐能不能醒过来，我赌他能醒过来，如果他醒了，就算我赢了，你就答应我一件事。"

"什么？"他不解地看着我。

"我要你的一滴眼泪。"我说，"这个你总有的吧。"

顾惜一下子沉默了。

我听一棵小草告诉我，那次之后，顾惜没有哭过，从那时候到现在，这么长时间，他一次都没有哭过。

"如果你输了，你能给我什么？"他的眼底隐隐浮上一丝紧张的神色。

我心里松了一口气。

果然是这样的，其实顾惜比任何人都害怕苏乔汐醒不过来，因为害怕他醒不过来，所以索性就不去期待他能醒来。

和许小悠相反，他这样绝望，却其实一直抱有希望。而许小悠一直怀揣希望，但其实内心早就绝望了。

"如果我输了，我答应帮你做一件事，无论是什么事，哪怕是杀人放火，我都不会拒绝。"我说。

"好。"他点点头，"我就和你打这个赌。"

"那么，小悠你就是这个赌约的见证人。"我将许小悠拉到中间，"许小悠，如果苏乔汐醒了，那么就是我赢了，到时候我要顾惜的一滴眼泪。而如果苏乔汐最终没能醒来，就算我输了，我无条件答应顾惜一件事。"

"好。"许小悠说，"我知道了。"

有赌约双方，有见证人，那么这个赌约就成立了。

"小悠，为了我赢得最后的胜利，帮帮我吧。"我冲许小悠眨眨眼睛说，"我需要你的帮忙。"

"我能帮你什么？"她不解地看着我。

"有空就来陪乔汐说说话，跟他说说你们过去的事情。"我想起沐修歌嘱托我的话，"不要管他会不会回应你，要一直跟他说。"

"这样，有什么用？"许小悠不解地看着我。

"虽然我不知道这样能不能让情况变好，但至少可以让情况不变坏。记住，不管多忙，每天都来陪他说一小时的话。"我说。

"好。"许小悠答应了我，"我能做到。"

和许小悠还有顾惜都说好了，外面天已经快黑了。许小悠回家了，因为妈妈还在家里。我让她和她妈妈搬到我家去住，这样万一她那个浑蛋爸爸回去也找不到她们。这样就算我不在家，没办法保护她，也能让她和她

妈妈不那么危险。

许小悠一开始当然不同意，不过我说服她帮忙看家，她这才答应了。

第二天，许小悠一放学就过来了，她遵照和我的约定，和苏乔汐说了一个小时的话才回家，顾惜在旁边一直就这么看着，并未参与。

不过一个星期之后，绿萝偷偷告诉我，顾惜也开始跟苏乔汐说话了。

虽然一开始说得很少，甚至都前言不搭后语，让人不知道他想表达什么，但是这至少是个好的开始。

顾惜一直将自己的心封闭着，像个蜗牛一样，背着沉重的壳儿。要让顾惜走出过去的阴霾，不只是让苏乔汐醒来这么简单，那需要他自己从自己的小世界走出来。

他现在就像是受了惊的蜗牛，正悄悄地，试探性地伸出肉角，看看这个世界是否还对他温柔相待。

"小樱语，这么晚你怎么还不睡觉？"插在床头花瓶里的月季花问我，"睡晚了，担心长黑眼圈哦。"

"不是的。"我翻了个身，脑袋里像走马灯似的，画面闪个不停，怎么都消停不了，"这么多天了，卡卡和沐修歌那两个家伙，怎么还不回来啊。"

"那是谁？"月季花是昨天许小悠才送给我的，她并没有见过卡卡或者是沐修歌。

"卡卡是我的猫，沐修歌是我的……"是我的什么呢？

我有些纠结了，我竟然没有办法给沐修歌和我的关系下个定义。

"是你的什么？"月季花显然不会看人脸色，没见我如此纠结吗，竟然还追问！

"没什么，睡觉！"我拉过被子盖过头顶。

02

沐修歌已经走了足足一个月了，可是还没有一点儿要回来的意思，我心里有点焦急。

他到底有没有找到治疗灵石，如果找不到的话，我这里都要撑不住了。

因为昨天，医院又进行了一次会诊，他们在考虑宣布苏乔汐脑死亡。虽然情况没有继续变坏，但是依旧没有一丝变好的迹象。

不过好在许小悠没有放弃，没有因为苏乔汐的不回应而沮丧，她仍旧每天放学后都来跟苏乔汐说一会儿话，我也依旧能听到她对着樱花树许愿的声音。

只不过现在，她的愿望终于有了实质性的内容，不再只是让我帮帮她。

而那句禁语，她没有再说，我有些怀疑，她那次是不是偶然念到那句话的，因为这太奇怪了，我与她相处了这么长时间，都没有见到什么奇怪的人和她有接触。

而比起这个，更加让我有焦虑感的是东方家。

没有了海珠的结界，我的位置很容易暴露出去，我在这里停留了这么长时间，东方家没有理由不找来这里。

是他们终于放弃我了吗？还是东方家族出现了另一个能够与花草树木交流，倾听人们愿望的异能者吗？

不、不可能。

每一代还愿师都是单独存在的，上一代还愿师没有消失，就不会出现新的还愿师，关键是水晶花蕾还在我的身上，就算有新的还愿师出现了，他们也会追过来，要回这只水晶花蕾。

还是说，他们在酝酿什么更大的阴谋吗？

可是与我相关的阴谋，能有什么呢？这不应该啊。

想到这里，我顿时觉得自己真是天生被虐体质，这么舒舒服服地过了几天，就开始疑神疑鬼了。

算了，反正我也猜不到那群家伙到底想做什么，与其纠结，不如静观其变，反正无论如何，我都不会跟那些家伙回去的。

我答应了沐修歌要在这里等他回来，我就一定要做到，我不能言而无信。

我推开苏乔汐的病房门，顾惜回家去拿点东西，他已经休学一年了，这一年里，他一直在这里寸步不离地照顾苏乔汐。

病房里空无一人，只有苏乔汐安静地躺在那里。

我走过去，在边上的看护椅上坐下来，我看着少年沉睡的脸庞，轻轻叹了一口气。

"醒过来吧，苏乔汐。"我轻声对他说，"休息得够久了，不能再继续睡下去了啊。你在意的人，她还在等着你，这个世界上，你还被人需要着。"

"那么，东方樱语，你同样被人需要着，为什么却不肯回家呢？"一个清冷的声音在病房门口响起，我本能地打了个寒战，不用抬头，我也知道这是谁的声音。

因为我与这个声音的主人一同生活了十几年，实在是太熟悉太熟悉了……

"我现在不想见到你，你可以滚了。"我冷冷地说。

"不要说得这么冷酷无情。"那个声音里带了一丝笑意，跟着我听到一串脚步声朝我走近，有个人停在了我的身边。

我仍旧不肯抬头看他，好像只要不看他，我就仍旧没有被这家伙逮到似的。

"我说了，我现在不想见到你。"我抬高声音，心里莫名变得很焦躁。

刚刚我还在好奇，东方家的人怎么还没有找过来，果然是经不起念叨，这不就来了！

"小樱语。"他伸出一只手搭在我肩膀上，我条件反射似的一把拍开了。我抬起头怒目瞪着他，可这家伙仍旧一副嬉皮笑脸的样子。

"别碰我！"我低喝道，"你是听不懂人话吗？"

"别发火啊。"东方夜双手环抱手臂，一副似笑非笑的样子，"何必

这么恼羞成怒呢，我只是想接你回家而已。"

"我不回去。"我斩钉截铁地说。

他低低笑出声来："小樱语，你已经不是三岁小孩子，应该知道，这个世界不是围着你转的，这个世界上，不如意事常八九，事事顺心，那是不可能的。"

"别跟我说那些乱七八糟的大道理。"我偏过头去不看他，"我不想听这些，总之，我是不会再回去当东方家的傀儡娃娃的，被打扮得再精致，不能按照自己的心意活着，那完全没有意义。"

"啧啧。"东方夜全然不在意，"那么，我亲爱的小樱语，你可以告诉我，你出现在这里的理由吗？我不认为你会有这么好心，跑来关心一个植物人。"

"那又怎么样！"我有些恼了，这人真是有办法让人瞬间炸毛，"对，你猜得没错，我的确是来帮别人实现愿望的，但这个愿望，不是你们经过计算，用肮脏的金钱就能衡量的。"

"肮脏的金钱吗？"他笑了笑，"的确，我也觉得金钱挺肮脏，不过小樱语，没有钱，你能够住进这个地方吗？没有钱，你估计早就饿死了吧。"

"那不一样。"他在混淆视听，这只老狐狸！

"我没有看出区别。"他走到病床边上，弯腰看了一眼苏乔汐，"用很多钱，将他送去其他地方治疗，他照样可以醒来。"

"但是那没有办法治愈人心。"我反驳他，其实这个愿望，苏乔汐醒来不过只是一部分而已，无论是许小悠还是苏乔汐，或者是顾惜，他们其实都是这个愿望的一部分。

这三个人之间，有一个死结一直存在着。那不是苏乔汐醒过来，就能解开的结。

只有让顾惜走出自己设置的心牢，让许小悠真正地对这个世界抱有希望，让苏乔汐彻底地清醒过来，这个愿望才算真正完成。

"治愈人心，那从来都不是还愿师的任务。"东方夜冷哼一声，"小樱语，你把人心看得太简单，也太复杂。走吧，这个疗养院已经被我的人包围了，你哪里都去不了，跟我回家吧。你爸爸很想你。"

"他只是想念我的能力吧。"我自嘲地笑了笑，"从我出生起就将我丢给外婆，知道我有能力，又将我像宝贝一样捧回来，将我打扮得像个木偶一样，这样的爸爸，我不需要。"

"怎么样都不肯跟我回去吗？"东方夜眼中的笑容渐渐消失了，"小樱语，你还像小时候一样，真是太不可爱了。"

03

"我可爱不可爱，跟你一毛钱关系都没有。"我用力推了他一把，他毫无防备，被我推了个跟跄，不过他很快稳住了。

"哎哟，大半年不见，还学会使用暴力了。"东方夜也不恼火，不过他那语气和表情，倒像是在嘲讽我似的，"东方樱语你别忘了，你的功夫

119

似乎还是我教你的吧。"

"方语！"这个时候，外面忽然传来许小悠的声音，我顿时觉得脑袋疼，许小悠这个时候怎么会过来呢？

"方语，你看我带了什么——"许小悠的声音戛然而止，因为她看到了东方夜。

"方语？"东方夜饶有兴趣地看着我，"啧啧，小樱语，我怎么不知道，你什么时候有了这么个名字啊。"

"我自己改的不行吗？"我瞪了他一眼，这家伙最好不要胡说八道！

"方语，这是谁啊？"许小悠走到我身边，这些天相处下来，我和她已经成为很好的朋友了。

"他是……"我真想把东方夜丢进大海去喂鲨鱼，"呃，他是我堂哥，对！堂哥！"

"哦？"许小悠迟疑地问，"难道是你家人知道你生病了，走不开，让你堂哥来照顾你的？"

"小樱语，我不记得我什么时候多了个小堂妹啊。"东方夜冷声说。他的样子看上去十分生气，虽然我不知道他忽然生什么气。

"你不记得我记得就行了。"我说着一把揪住东方夜的手臂，拽着他往外走，绝对不能让他继续留在这里，万一他说出我是谁，许小悠生气怎么办？

她将自己的故事全部告诉了我，她将我当成好朋友，我却连名字都是假的，接近她也是别有目的……哦，怎么想，都不能让她知道我在骗她。

"走了，这里有病人，有什么出去说，不能打扰病人。"我一边说，一边拽着东方夜走到病房门口。

然而走到这里，东方夜无论如何不肯动了，我心里有一种非常不好的预感，这家伙要捣乱！

"这位同学，你和我们小樱语是好朋友吗？"果然！他问了！

许小悠点点头："我们当然是好朋友啊，她一直鼓励我，帮助我，我很高兴能和方语成为好朋友。"

"呵。"东方夜冲我露出一个不怀好意的笑，果然怕什么来什么，这家伙要坏事了。

"东方夜！"我大声喊了一声，企图打断他即将出口的话，"你不是要带我走的吗？走啊，还愣着做什么？"

"走之前，有些话我想跟这位妹妹聊一聊。"东方夜完全无视了我话中的暗示之一，他是铁了心要拆穿我的伪装。

"你哪儿来的妹妹，别胡说八道！"我心里急得要死，没办法说动东方夜，或者让许小悠离开！

"小悠，顾惜怎么还没过来？你要不要去看看，他回去拿东西了，万一一个人拿不过来怎么办。"我慌张地对许小悠说。

许小悠张嘴正要说话，东方夜又将话头接了过去："你在害怕什么呢，小樱语。"

"我没有害怕什么。"我硬着脖子说。

"既然没有害怕什么，那就让我说完吧。"东方夜笑了笑说，"许小

悠是吧，她告诉你她叫方语是吗？"

"对啊。"许小悠一脸状况外的表情，完全不知道东方夜要说什么，也不明白为什么从刚才到现在，我为什么总不让东方夜和她说话。

"很抱歉地告诉你，她不叫方语，她叫东方樱语，虽然很不愿意这么说，但我必须负责任地告诉你，她从一开始到现在，都在骗你呢。"我仿佛看到东方夜的屁股后面，摇着大灰狼狡猾的尾巴！

许小悠果然很吃惊，她满目诧异地看着我，像是想从我这里得到解释。

"她是东方樱语，不是方语，你明白了吗？她一直在跟你说谎，她是从家里逃出来的，她接近你的目的，绝对不是想和你成为朋友这么简单。"东方夜冷冷地说，"这么说，你明白了吗？"

"方语？"许小悠的脸色有些发白，她的眼神宛如玻璃一样，看上去很坚硬，其实用一块石头就能砸碎。

"对不起。"我本来打算等到苏乔汐醒过来，再跟她坦白我的身份，跟她说声对不起，一直在骗她，可是东方夜忽然出现，将我的计划全部都搅乱了。

这一乱，我顿时有些措手不及，一时间不知道怎么办才好。

"所以，你一直都在骗我？"许小悠的眼底浮上一层水汽，"乔汐能醒来，果然也是骗我的吧。"

"不是这样的。"我试图解释。

"不用说了！"然而许小悠不打算给我解释的机会，她此时就像个受伤的刺猬，浑身的刺全都竖了起来，她想自我保护，害怕从我这里听到伤害她的话语。

是啊，从小到大，她只有顾惜，只有苏乔汐，我是她第一个朋友，却从一开始就带着欺骗接近她。

但那不是我的本意，我并非故意这么做的。而且这么久了，我真的将她当成了我的朋友。

事实上不只是她，对我来说，她也是我第一个交到的朋友啊。

"我为什么会相信只存在于童话里的奇迹呢，我不会有朋友，不会有人愿意成为我的朋友，乔汐也不可能醒过来的，他根本就醒不过来了，这么久了，他根本听不到我的声音，他也不会顺着我的声音回到这里，是我太傻太天真，竟然相信了你说的奇迹。"许小悠哭了，大颗大颗的眼泪顺着脸颊往下滑落。

"不是这样的，小悠，我真的拿你当我的朋友，其实从小到大，我也只是一个人而已，我也没有朋友，我虽然不像你这样，总是遇到残忍的事情，可是我也一直不快乐。小悠，你是我第一个交到的朋友，你相信我，我不是故意欺骗你，我没有恶意的。"不想让这份友情就这样被破坏，想抓住一点儿什么，不想让心里被填满的那个角落，再次空出来了。

其实我和许小悠一样，我们都不相信奇迹，不相信希望，哪怕我一直在做的，都是实现别人的愿望。

可是看得多了，便再也不相信了，因为我知道那些愿望都是怎样被实现的，那不是什么奇迹，那些只是一对对的计算公式而已。

知道得太多和知道得太少，同样是件悲哀的事情。

"请你离开这里。"许小悠转过身不再看我，我看到她转身的一刹那，宛如灯火熄灭一般归于沉寂的眼眸。

那个眼神，我曾经在她眼睛里看到过，那是对一切失去希望的纯黑。

可是后来，我以为我让她找到了希望，然而这希望，却也由我自己亲手斩断了。

04

"看吧，小樱语。"东方夜还在一边说着风凉话，"哪有那么多情深似海，朋友，这种东西根本不存在，现在可以跟我回去了吗？"

"啪——"我反手甩了他一个耳光，他没有躲开，只是轻轻揉了揉被我拍中的地方，他笑了起来，眼神里却没有一丝怒气，"解气吗？如果能够解气，那么再抽几下也没关系，只是发泄完了，该跟我回家了吧。"

"这里没有人要跟你回家。"一个熟悉的声音，在我背后响起。

我纷乱的心绪，一下子变得明朗起来。

要到这个时候我才明白，我有多么想见这个人，一个月不见，天知道我多想他回到我的身边。

这里的饭菜不好吃，这里的人泡茶也不好喝，这里的人没有他那样的笑脸，这里的人也无法给我可靠的感觉。

沐修歌，我不肯承认我想念他，我没有办法定义我与他之间的关系。

因为我不想他做我的朋友，我不想我和他，只是朋友。

"沐修歌！"我低低唤了他一声。

沐修歌缓缓走到我面前，他将我拉到身后，然后眼神坦荡地看向东方夜："我们又见面了。"

"是啊，又见面了。"东方夜脸上的笑容渐渐隐去，最终换上了一副肃然表情，"没有人能够阻止我带东方家的大小姐回家。"

"当然有。"沐修歌反而笑了起来，不知道为什么，他的笑让我感到安心，无论前面是怎样难以解决的困境，只要他笑了，那么一切就都不可怕了。

"哦？你想与东方家族为敌吗？"东方夜从未被人这样顶撞过，此时怒极反笑，"你想仔细了吗？"

"只要她想待在这里，只要她告诉我，她不想跟你走，那么就算和整个东方家族为敌，那又怎样？"沐修歌风轻云淡地说。

"有胆识。"东方夜讽刺一笑，"就怕只是随口说说。"

"要试试吗？"沐修歌不动神色地说。

"你们聚在这里做什么？"顾惜的声音适时响起，我回头一看，就见他拎着两个大包走了过来。

"没什么，随便聊聊。"沐修歌淡淡地说，他不再看着东方夜，转身朝病房走去。

病房里，许小悠呆呆地坐在病房里，她忽然伸手，拔掉了苏乔汐的氧气罩。

"小悠你做什么！"我吓了一跳，连忙冲进去，将氧气罩的插头重新插好。

"你别管我！"许小悠拍开我的手，"反正没有希望，反正会被宣布死亡，早一点儿让他解脱吧！"

"你住手！"我急得要死，偏偏这个时候，我说什么许小悠都不会听。

"你让她拔。"沐修歌抓住了我的手，他的手心很暖，这温度让我焦虑的内心一下子冷静了下来。

"许小悠，每个人活着都会有痛苦的事情发生，可是如果只是沉浸于自己的不幸，什么都不想改变，一直任由自己不幸下去，那么就算希望和奇迹发生在你身上，你也是抓不住的，因为你自己从不相信奇迹。"沐修歌的声音非常沉稳，有一种让人安静下来的力量。

许小悠惨然笑了起来："哪里有什么奇迹呢？没有奇迹的，都是骗人的，从一开始……就是骗人的。"

"不，奇迹一直都在，只是你不相信。"沐修歌轻轻将我推向了许小悠，"樱语会出现在你面前，本身就是一样奇迹。"

"你别再骗我了，我没有什么能给你骗的。"许小悠刚刚擦掉的眼泪又流出来了。

"没有骗你。"沐修歌此时也有些无奈，眼神深处更有一丝无法言状的悲哀，"因为对你来说，她就是希望。"

"我不明白你的意思。"许小悠摇摇头说。

沐修歌摊开掌心，他手心里静静地躺着一只海星一样的石头，那石头近乎透明，闪着流水一般温润的光，他将石头轻轻放进我的手心里，然后将我往前又推了一步。

我与许小悠，只隔了一步之遥。

"你对着一棵樱花树许了愿望，而东方樱语就是还愿师，她出现在你面前，是为了帮你实现你的愿望的。"他轻声说，"她同样也是你的朋友，如果不是因为将你当成了同病相怜的知己，她可以选择不帮你完成这个只有百分之一可能性的愿望。"

"现在，她就在你面前，她手心里拽着你一直不肯相信的奇迹，现在，你同样可以选择相信，或者不相信。"沐修歌往后退了一步，然后转过身，他将顾惜拉出了房间，反手关上了病房的门。

病房里，遽然安静下来。

我和许小悠长久地对视着，我从她眼神中看出了挣扎、茫然、胆怯和不确定。

我手心里的那颗石头传来温暖的温度，这是沐修歌的温度，我的心里仿佛被一团温水胀满，我不再迷茫，不再焦急，不再不知所措。

"我重新做个自我介绍。"我站在原地没有动，既然我一开始就错了，那么从现在开始，我要纠正自己的错误，"我是东方樱语，是个还愿师，从小到大，一直都在帮各种各样的人实现他们的愿望。"

"虽然说帮人实现愿望，可事实上，我除了聆听那些愿望之外，什么都没有做。因为我只是傀儡娃娃而已，选择实现什么样的愿望，怎么样去

实现，都是别人决定好的。"我缓缓地说着，将自己的故事说给她听，就像一开始，她将自己的故事告诉我一样。

我们是朋友，朋友应该以诚相待，欺骗，哪怕是善意的欺骗，都不应该存在的。

"后来我觉得那样的人生我不想要，因为我不想一辈子都做这种毫无意义的事情，于是我酝酿了一场离家出走，幸运的是，我逃出来了。"

"但就算是逃出来了，那些许愿人的声音，仍旧不停地缠着我。我本不想继续再帮人实现愿望，是沐修歌告诉我，逃避解决不了任何问题，既然无法逃避宿命，但至少我可以决定用哪一条路走向最终的宿命。"

"于是我决定继续帮人实现愿望，只是不同的是，我不再去实现那些浮夸的，用金钱就能实现的愿望，我想实现一些，值得我去实现的愿望。然后，我就听到了你的呼唤。是的，你在呼唤我，我没有办法不管你，于是我化身方语来到你身边。接下去的故事，你都知道了，现在我将一切都告诉了你，要不要相信我，要不要相信我带给你的奇迹，由你自己选择。"

05

流水一般的沉默将整个病房吞噬。

还是不行吗？在我坦白一切，在我告诉她全部的真相之后，她还是无法相信我吗？

"对不起。"然而就在我快要放弃的时候，我听到了一声很小很小的道歉声，我怀疑自己是否听错了，跟着我感到一个人朝我扑过来。

我张开双臂，抱住了她。她大声哭了出来，很大声很大声。

"对不起，没能相信你，是我不对，明明答应了你要真正地抱有期望，可是我还是骗了你，我只是不想你难过，所以我答应你每天来和乔汐说话，其实我仍然不相信他能醒过来，我还是没有抱过希望。"她边哭边说，"对不起方语，真的对不起！"

"别说对不起啊傻瓜。"不知是不是被她的心情感染到了，我也跟着大声哭了起来，我们就像两个大傻瓜一样，就这么边哭边说话，直到我们破涕为笑，直到眼泪终于干涸。

"认识你，真的是个奇迹。"许小悠微笑着说，"你是我遇到的，第一个奇迹。"

"并不是这样的。"我笑着摇摇头，"和苏乔汐相遇，是奇迹。有一个顾惜这样的弟弟，是奇迹。你和你妈妈还好好地活着，这也是个奇迹。小悠，不要一直看着黑暗，看得久了，会忽略掉生活中那些美好的事情。其实奇迹一直都在你身边，活着总会遇到这样那样的事情，然而如果心里注满阳光，那么看到的风景哪怕是废墟，也会开满鲜花。"

"嗯！"许小悠用力地点了点头，"我明白了，方语。"

"我是东方樱语。"我纠正她。

"没关系，你是我的好朋友，你是我的方语。"她稍稍歪着头，笑得很明媚，"你是我的奇迹。"

想看看她真正的笑容，这是我见到她之后第一个念想。

终于，终于，我看到了。

果然很美很美，纯白得像初夏盛放的栀子花。

"给你。"我将手中的那块灵石递给她，"这颗灵石能够让苏乔汐清醒过来，这一个月来，顾惜也慢慢地打开了心房，不再将自己禁锢在牢笼里，现在只要乔汐醒来，一切的雾霾就都烟消云散了。"

"我不知道要怎样谢谢你。"她接过灵石，眼圈有些泛红。

"我们是朋友啊，不用说谢谢。"我走到门边，拧开门把手，"小悠，实现你内心渴望的那个愿望吧，对这个世界贪心一点儿，身为女孩子，稍微任性一点儿，没有关系的。"

"那我就贪心一回吧。"她笑着哭了，"说一千次一万次谢谢都不够，是你让我有微笑的能力，我终于能在乔汐醒来的时候，微笑着面对他了。"

"加油！"我对她做了个鼓励的手势，然后我打开门走了出去。

"进去吧。"我对顾惜说，"记得你输了，就要给我一滴眼泪的。"

顾惜飞快地闪身进了病房，"嘭"一声，病房的门重新被阖上。

我深呼一口气，心里盈满从未有过的快乐和喜悦。从记事起到现在，我实现过很多很多的愿望，却从没有哪一次感到过快乐。

但是这一次，我却觉得能够听懂花语真的太好了，能够听到那些愿望，真的太好了。

"他会醒来的吧。"我一步一步走向沐修歌，与其说是问他，倒不如说是告诉他最后的结局。

"会醒来的。"沐修歌微微笑着对我说。

东方夜一直坐在走廊里的沙发上，他一手支着脑袋，也不知道在想些什么。

"卡卡呢？"我问沐修歌。

沐修歌指了指隔壁病房，无奈地说："那家伙说是累了，躲在那里睡大觉。"

"哈哈，那个胆小鬼。"我忍不住笑了起来，"其实它一定是感觉到了东方夜来了，躲起来不想见他。"

"哦？"沐修歌饶有兴致地看着我，"卡卡害怕那家伙吗？"

"与其说是害怕，倒不如说是嫌弃？"我想起在别墅里的时候，卡卡总是离东方夜远远的，就算路过东方夜，也是尽量离他远点贴着墙壁走。

那场面，如今回想起来，仍旧很想笑。

"回去，有见一见家人吗？"我扯回话题，"你母亲她还好吗？她大概是我见过的最美丽的人鱼。"

"嗯，她很好，她让我带了一样礼物给你。"沐修歌从口袋里翻出一只精致的小盒子递给我，"打开看看，喜不喜欢。"

我接过来，轻轻打开那个小盒子，里面是一条非常美丽的珍珠项链。

"好美！"在东方家，无论是什么，我都见过最好的。但是这串珍珠项链，却是我见过的最美丽的一串。每一颗珍珠都是特别的，每一颗珍珠都与众不同，它们被串在一起，造就了这世上独一无二的珍宝。

"喜欢就好。"沐修歌抿唇笑了，"我帮你戴上吧。"

"好呀！"我将项链递给他，沐修歌走到我身后，他拉着项链绕过我的脖子，第一次离我这么近，我的心脏在疯狂地跳动，呼吸都有些乱了节奏，我屏住呼吸，害怕他听到我打鼓似的心跳声。

他的动作非常温柔，他将我纠结的长发拉起来，轻轻地扣上项链的搭扣，然后低低地说了一声："好了。"

声音仿佛耳语一般，我打了个寒战，回头的瞬间，我的视线刚好撞到东方夜的眼神。

那是一种非常奇怪的眼神，我从未看到东方夜露出过那种眼神。

一瞬间，我竟然无法形容出来。

不过我并没有多想，因为此时我很高兴，我看着沐修歌，问他："好看吧，我戴着没有辱没这串美丽的珍珠吧。"

"嗯，还行吧。"他仍旧是一副非常淡定的样子。

这家伙！

正当我恨得牙痒痒的时候，病房的门开了，是许小悠开的门，她眼睛亮晶晶的，那是被眼泪洗刷过后，非常干净的眼神。

"乔汐醒了，他想谢谢你。"许小悠说。

我跟着她走进病房，想了想，又折回去，拽着沐修歌走了进去。

病房里，原本一直躺着的那个少年，此时被扶起来靠坐在枕头上，他脸上挂着温暖的笑容，眼神如水晶一般晶莹剔透。

绿萝曾经说过，如果这个少年醒过来，会拥有怎样的一双眼睛呢？

　　想到这里，我的心脏不由得变得更加柔软起来，绿萝绿萝，你马上就能看到少年的双眼了，你会不会像那朵爱上种花人一样的百合花似的，觉得快乐，觉得心愿已了呢？

　　植物的生命是那样短暂，一岁一枯荣，岁岁春又生，万物皆有情。

　　"谢谢你。"苏乔汐的嗓音，许是因为很久不说话的缘故，有些嘶哑，"让我醒来的时候，看到了最美丽的奇迹。"

　　我知道他眼睛里的奇迹是什么。

　　每个人对于奇迹的定义都是不一样的，像许小悠觉得，苏乔汐醒来就是奇迹。

　　但是对于苏乔汐来说，奇迹就是看到许小悠发自内心的微笑吧。

　　"不用谢。"因为，我也看到了这个世界上，最美丽的奇迹啊。

　　"喂。"顾惜的声音里满满的别扭，"我输了，你要的眼泪，给你。"

　　他递给我一朵开得正好的蔷薇花，蔷薇上有湿润的水珠，我知道，那是少年自灵魂深处滴落的眼泪。

　　"我收下了。"

　　这朵美丽的蔷薇，必然经历了苦难、痛苦、风雨、霜雪，最终怒放于阳光下。

　　小悠，我不知道将来我们还会不会再遇见，但是你是我的第一个朋友，我希望你永远开心，脸上的笑容不要消失，要有对抗一切丑恶不平的勇气，不管现实多么残酷，都不要只看得到黑暗的角落，晴空一直都在。

当你内心坚强，便会发现，曾经苦恼惧怕的一切，都脆弱得不堪一击。

快乐地走下去吧，愿清风明月庇佑你，这是我——还愿师东方樱语，送给你的祝福。

这是我的希望，也是我想在你身上，看到的奇迹。

雪地里的星星花 第六章

01

寒假到了，我决定离开这里前往乐城。两人一猫，从飞机的窗户边再次俯视这座悠闲美丽的城市，心情与来的时候完全不一样。

说不清是我治愈了别人，还是别人治愈了我。总觉得现在的东方樱语，终于不是一个任由别人控制的傀儡娃娃，或者是因为急着摆脱过去而遗忘自己职责的自我中心者。

我存在，是可以为别人带去一些温暖，也能让别人来温暖我的。

只是有些遗憾的是，那句禁语完全没有任何进展。许小悠告诉我，她之所以会念出那句禁语，是因为有人在她家门口放了一张纸，让她许愿的时候，念那句话就可以了。她念了一次，然后就觉得不太好，她说不上来为什么，好像有一股神奇的力量在阻止她再次念出那句话。

我问她那张纸还在不在，结果自然是不在了，那张纸被她随手丢进了垃圾桶，想找也找不到了。

不过说起来，这也算是一种收获。

既然是有人放在她家门口的，这就说明这是人为的，而不是巧合。

有人故意让许小悠念了那句禁语，我不知道那个人的目的是什么，但绝对不会心怀善意。因为只要知道那句话的人，就一定知道那句话对于还愿师来说是禁语，是不能被提及的。

不能做还是做了，这种事情，实在让人没有办法将他想得善良。

只是就算我再怎么纠结，线索到这里也断了，除非这句禁语再次被人念起，否则我还是抓不到始作俑者。

会是东方家族的人吗？

不，应该不是的，还愿师已经好几代都没有出现了，我是好不容易才出现的一棵独苗，他们没那么傻，做这种会伤害到我的事情。

不是东方家的人干的，那么会是东方家的敌对势力吗？

我有些头疼，因为平常我两耳不闻窗外事，对东方家的事情知道得并不多，所以根本不知道东方家族有没有敌对势力，有的话，又是哪些家族……

"喂，本猫饿了！"卡卡将爪子从宠物笼子的栅栏缝隙里伸出来，轻轻按了按我的肚子，"小樱语，本猫饿死了，再不给我吃的，我就大声喊人了。"

"别别别。"我一下子回过神来，连忙按了铃喊来空姐，要了点吃的，然后悄悄喂给卡卡。

沐修歌坐在我边上，正低头翻看一本杂志。

"小樱语，东方夜那个老家伙呢？"卡卡一边吃，一边口齿不清地问。

"他走了啊。"我顿时有些无语，卡卡是有多讨厌东方夜啊。那天从病房里出来，就没有看到东方夜了，也不知道他是临时有事回去了，还是暂时放弃将我抓回去的打算了。

不过，前者的可能性很大，因为后者……将不将我抓回去，很大程度上是东方家族内部决定的，东方夜也不能左右。

东方家族出什么事了？

会跟那句禁语的出现有关系吗？

"吃饱了。"卡卡心满意足地伸了个懒腰，它耷拉着耳朵，闭上眼睛打算睡觉，不过它很快又清醒过来，问了我一个问题，"小樱语，我们这是要去哪里啊？"

"你还能再离谱一点儿吗？"如果不是在飞机上，我真想把这家伙暴揍一顿！

"我们现在去乐城，地图的最北边，现在去，能看到雪呢。"我有些向往雪景，以前在电视里看到，总觉得纯粹的白雪堆砌而成的世界非常美丽。

所以我想去那里住一段时间，一来是赏雪，二来是躲开东方夜那个家伙。

之前因为沐修歌离开，导致结界消失，东方夜才能找到我的位置。现在青市那边的事情全都解决了，自然没道理继续留在那里，等着东方夜来抓我回去。

不过三个小时后，当我站在乐城的大马路上，冷得牙齿打战的时候，我特别特别想爬回飞机飞回去。

所以到底是哪个说雪景好看的？

雪景好看是好看，但是看雪景会冻死人啊！

"穿上吧。"沐修歌将他的棉衣披在我身上，毛茸茸的衣领蹭在脸上，十分暖和。

"你怎么办，也会冷的啊。"我有些不好意思地看着他，他脱下了棉衣，身上只剩下一件灰色毛衣，看上去怪冷的。

"人鱼从来都不怕冷的。"他像是真的一点儿都不冷似的，表情一点儿都没变。

"不行，跟我来！"我拽着他，飞快地上了一辆出租车，直奔乐城最大的商场。下了车，走进商场，顿时一阵暖气扑面而来，"走，我们先去买点冬天的衣服。大意了，只顾着来看雪景，忘记这里的气温了。"

"等一下。"他喊了我一声。

我停住了脚步，不解地看着他。

他抬起手，修长的指尖从我的头发上拂过，扫落一片纯白色的雪花，"大概是树叶上落下来的，粘在头发上，一会儿融化了，会冷。"

"没事。"我随便拍了拍头发，全然不在意地说，"商场里很暖和，一会儿雪水就干了。"

"想好要住哪里了吗？"沐修歌问。

我将头摇成拨浪鼓，我说："你有什么好的建议吗？"

"樱花樱花想见你。"一个小男孩的声音，猛地出现在了耳边。

我保持着望向沐修歌的动作，在那个声音出现的一瞬间，大脑像是一串电流烧过去，跟着我就感觉到自己向后仰倒，四肢都没有办法控制，眼见着就要狠狠摔在地上。

就在这时候，沐修歌牢牢地接住了我，他一脸关切地看着我："樱语？你怎么了，怎么回事？"

我想说话，可是我发不出声音，我想动一动，可是我做不到。

我像是浮在半空中，俯视着自己和沐修歌一样，有一股神秘的力量，想要将我拽向远方。

不能去，一定不能去！

这种念头越来越强烈，我拼命地想要回到自己的身体里，然而我却感觉到一股无力感，那种张嘴却什么都说不出来，想跑却四肢发软的感觉，像极了做噩梦时的感觉。

等等，做梦？

现在的我，会是在做梦吗？

如果是做梦，是不是我闭上眼睛，睡一会儿再睁开眼睛，就能恢复正常了？

"樱语！你醒醒！"沐修歌的声音，闯入我混沌的脑海。

我拼命睁开困得要命的双眼，我看到他的表情万分焦急，卡卡在我身边绕来绕去，脖子上的铃铛声越来越响，某种熟悉的东西浮上心头。

这铃铛声是这么熟悉……在哪里？到底在哪里，我曾听到过这样的声音呢？

"别待在这里。"一个清澈的女声传入我的耳中，一缕乌黑的长发出现在我的视线之中。

一片樱花自长发之间飘落在我眼前，女子有一双樱花色的琉璃眼，她赤着足，一只脚上系着一颗铃铛，铃铛的声响与卡卡脖子上的那一颗合二为一，炸雷一般响在我的耳际。

"回去吧，别再到这里来了。"那个女子弯下腰，轻轻吻了吻我的额头，顿时我感觉到一股强大的拉力将我拉向某个地方。

"啊！"我尖叫一声，眼前的世界开始变得清晰，是熟悉的商场，近在咫尺的是沐修歌焦急担忧的脸庞。

02

"樱语？"沐修歌看见我仍然没有反应，又唤了我一声。

"我没事。"我大口大口喘着气，心脏悸动无比，刚刚是怎么回事？声音，我听到了一个男孩子的声音。

有人念出了那句禁语，并且位置就在乐城！

"快！"我一把揪住沐修歌的手，拖着他就往外走，"我听到了，有人说了禁语！"

"离这里多远？"沐修歌反应很快，他问，"就在乐城吗？"

"对，就在乐城，离得很近。"我闭上眼睛，整座城市的地图在我脑海中，以植物脉络的方式存在，而那个念出禁语的男孩子，就离这座商场

不远！

"跟我来！"沐修歌反手拽住我的手，拉着我朝商场出口位置走去，那里有一家汽车卖场，沐修歌直接丢了一张卡在售货员的衣服口袋里，顺势打开车门将我推进副驾驶座位上，卡卡逮着空隙钻了进来，沐修歌合上车门，绕到驾驶位置，在一片尖叫声中，他开着那辆展示用的车，风驰电掣般朝出口开去。

"前面路口左拐弯！"我的双手紧紧交握着，心里非常紧张，到底是谁在搞鬼，我一定要弄清楚。

好在大街上人不是很多，而沐修歌的开车技术太好了，真不知道他是什么时候学会开车的，我记得驾驶证得满了十八周岁才能考，沐修歌怎么看都没有十八周岁啊。

不过这个疑惑被我很快抛诸脑后，现在不是纠结这个的时候。

十五分钟后，一阵尖锐的刹车声后，车子在一个小区单元楼下停了下来，那个声音就是从这里传出去的。

我用最快的速度下了车，卡卡跟在我后面往前跑，沐修歌按下锁车门的遥控器，也跟了上来。

二十七楼，2018室。

我终于走到了这套公寓的大门外。

我按下门铃，不多时门就开了，开门的是一个年迈的老奶奶，她满脸皱纹，笑起来的时候，像是开了一朵鹅黄色的菊花。

"你们找谁啊？"老奶奶的声音很苍老，她有一头雪白色的白发，看上去有些年纪了。

她的样子，让我不由自主地想到了我的外婆。

从出生起，我就被丢给外婆照顾，在我的印象中，外婆就是这么年迈苍老，但她非常慈爱，若说我的童年回忆里有值得被想起的温暖过去，那么一定是和外婆生活的那段时光。

"老奶奶，您孙子在家吗？"刚才在我耳边回荡的那个声音的主人很年轻，非常有可能是老奶奶的孙子。

"哦，在家。你找言欢啊，快进来吧，外面怪冷的，你们这些孩子啊，穿得都少，冻坏了可怎么办！"老奶奶絮絮叨叨地说着话，侧身将我们让进了屋子。

我打量了一下屋子里的陈设，看上去只是一个很普通的人家，只是奇怪的是，我没有看到中年人的衣服或者鞋子，这个家里，似乎只有老人和孩子。

"七宝，你朋友来找你玩了。"老奶奶关上家门，转身走到卧房门口，她敲了敲房门朝里面喊了一声。

"奶奶，我们自己来喊他吧。"我笑着对老奶奶说。

"也好，奶奶给你们倒茶去。"她笑呵呵地走进厨房，我顿时有些唏嘘，老人家还真是毫不设防，万一坏人进家了，不是很危险吗？

我冲沐修歌使了个眼色，他会意地走上前敲了敲门，很礼貌地问："是陈七宝吗？在的话，可以开开门吗？"

但凡是许愿人，只要愿望传递到了我这里，许愿者的基本信息就会浮

上我的脑海。

这个男孩子叫陈七宝，才只有十二岁，是个小正太。

我趁着空档，转身走向客厅里放着的一盆吊兰，我问她："他在家的吧？"

"咦，你是东方家的孩子，你能和我交流。"吊兰有些诧异地看着我，"你怎么会来这里，你是带着希望来的吗？"

"希望？"我有些不明白，"不是的，我听到他说出了还愿师的禁语，所以来看看怎么回事。"

"哦，我知道！"吊兰的语气顿时兴奋起来，"有个精灵来找过那孩子。"

"你是说，是一个精灵将禁语告诉那孩子的？"我一头雾水，事情似乎越来越奇怪了，精灵怎么会掺和进来呢，一般来说，精灵不太喜欢住在人类社会，只有极少数会隐藏在人类之间，以人类的身份生活。

"嗯，我记得很清楚。"吊兰很肯定地说，"其实就在你们来之前没多久。那是个木系精灵，头发很长，模样在精灵里都算得上是出类拔萃的。"

"走多久了？"我有些激动地问。

"别想着追了。"吊兰戳破了我的希望，"当一个精灵有心躲开你的时候，你就算追到十万八千里之外，也是追不到的。"

"好吧。"事实的确如她所说的这样，我叹了口气，现在只能寄希望于陈七宝认识那个精灵了。

"陈七宝的爸爸妈妈呢？怎么这个家看起来就只有老人和小孩？"我继续询问有关于陈七宝的事情，"其他人不住在这里吗？"

"不是的，陈七宝是个可怜的孤儿，他是在一个大雪天被老奶奶捡到的。"吊兰的语气变得很温和，"大家都很喜欢他，这孩子的眼睛很干净，能够看到精灵。"

"哦？"有点意思，我的好奇心被吊了起来。

恰好这时，陈七宝的房门响了，紧闭着的房门终于开了。

我转过身朝那边看去，然后我就看到了陈七宝，那个皮肤像雪花一样白，瞳孔却透着一抹红色的小男孩。

他看上去很矮，根本不是十二岁小男孩应该有的身高，他的嘴唇很红润，眼神怯怯的，像是很害怕见到陌生人。

沐修歌看到他的一瞬间，表情变得有些奇怪，然后他蹲下身，稍稍抬头看着陈七宝，语气放得非常温柔："你好，我们没有恶意。"

小男孩仍然不说话，红色的瞳孔里，有一丝好奇的目光。

"你刚刚召唤我了，对吗？"我走过去，弯腰与他平视，"你召唤了樱花。"

他的眼睛一下子亮了起来，他稍稍歪着脑袋看着我，属于孩童稚气的声音响起来："你是樱花吗？"

是他，出现在我耳边的那个声音，就是这个小孩子发出来的。

"你先告诉我，是谁告诉你那句话的，我就回答你的问题怎么样？"我发现这个小男孩的智商似乎有点问题，他一定没有十二岁的智商。

145

"不好。"他嘴巴瘪了瘪，有些委屈，"明明是我先问的问题，樱花姐姐是坏蛋。"

我嘴角抽了抽，喂喂喂，这绝对绝对，没有十二岁吧！

"嗯，樱花姐姐是坏蛋，那回答沐哥哥好吗？"沐修歌笑着揉了揉他的头发，"七宝是在哪里听说那句话的呢？"

"是穿着黑衣服的大哥哥告诉我的。"陈七宝的眼睛里露出兴奋的光芒，"那个大哥哥真好看，和沐哥哥一样好看。"

黑衣服的大哥哥？

我的脑海中一下子浮现出了一个人的身影。

是樱花树下，长发及地，穿着黑色宽大古装衣袍的那个男人吗？

会是那个人吗？

03

在老奶奶家喝了杯茶，我和沐修歌便辞别了。

一个小时后，我们在这个小区的另一栋单元楼里安顿下来，原本沐修歌打算住在其他地方的，不过现在事情有了变化，我们临时更改了住处。

这栋单元楼和七宝住的那一栋离得非常近，推开窗户，就能看到七宝的家。两栋单元楼之间距离非常近，并且在楼道另一头还有走廊连接着两栋楼。从高处俯瞰，这两栋楼就像是一个大写的"H"。

"那孩子……好奇怪。"我抱着卡卡深陷在柔软的沙发里，"修歌，你是不是发现了什么？"

在老奶奶家的时候，沐修歌的表现让我有些在意。

沐修歌手里抱着一杯奶茶，他沉默了一会儿，有些不确定地说："那孩子，也许不是人类的孩子。"

我愣了一下，虽然说那孩子的眼睛很特别，是红色的，还能看到精灵，肤色也白得不正常，但是我从来没往其他方面想过。

"他只是被人类养大的孩子。"沐修歌又补充了一句。

"可是，这怎么可能呢？"我喃喃地问了一句，不过心里却也起了疑心。那孩子看上去的确是人类的模样，但是对于十二岁的人类小孩来说，他的身高完全不对，他看上去无论是个子还是智商，都只有人类小孩五六岁的样子。

"在其他地方或许不可能，但是在这里，这种事情也有可能发生的。"沐修歌淡淡地说，"因为这里一年的时间，有大部分都在下雪。对于精灵一族来说，雪国是最好的居住地。"

"等等！"我的脑中忽然闪过一道光，"吊兰跟我说过，七宝是老奶奶从雪地里捡回来的孩子！"

"这就对了。"沐修歌轻声笑了起来，"老人和小孩的眼睛，总是比一般正常人看到的更多一些。那孩子……恐怕除了我们之外，只有老奶奶看得见吧。"

我瞪大眼睛看着沐修歌："你是说，在别人眼中，老奶奶是一个人生活吗？没有人看到那个孩子，除了老奶奶自己？"

"等明天问一问住在这里的人，就知道了。"沐修歌叹了一口气，"不过你要做好心理准备，看样子泄露那个禁语的，是精灵族的精灵。"

"嗯。"这个我在老奶奶家的时候就开始怀疑了。

七宝说的那个黑衣服的大哥哥，会不会就是那天我梦见的那一个？和樱花一起出现在我梦境里的那个家伙。那个梦来得蹊跷，不过现在想来，倒像是在给我预警，因为做完那个梦没多久，许小悠就念出了那句话。

那么这一次，我还会做同样的梦吗？

怀着这样的困惑，我熄掉了卧室的灯，闭上眼睛，试着让自己入睡。

不知道过了多久，我听到一声轻微的咔嗒声，我睁开眼睛看向声音的来源处，窗外的雪光透进来，我心中有些困惑，我记得睡觉之前，我将窗帘拉上了的。

窗户被人打开了，窗外是一轮圆滚滚的月亮，清朗的月光混合着雪反射的光芒，将这个夜晚照得宛如白昼一般。

一阵风吹来，细碎的雪花落进窗户里来，我掀开被子，光着脚踩在地板上。

"叮当——"一声清脆的铃铛声，在宁静的夜晚显得十分悦耳，"卡卡？是你吗？"

没有人回应我，窗外传来沙沙的脚步声。

我缓缓地走到窗户边上，只见纯白色的雪地里，有一串整齐的脚步向前蔓延，在脚步的尽头，是一个清冷的背影，那个背影十分眼熟，我认出来了，那应该是樱花。

她长长的发丝拖在地上，乌黑的发上染了几丝雪花，猛然一看，像是白了的发。

我连忙跟了过去，铃铛声很清脆，我跟在樱花身后一步一步地往前走。

月光如雪，雪如月光，交织在一起，让人仿佛置身于梦幻的童话世界。

雪地里似乎有什么东西在闪闪发光，我蹲下来细细看了看，这才发现在纯白的积雪里，有水晶似的透明花朵盛开着。

一眼望去，像是点缀在暮色夜空上的星星一样，这种奇异的花朵，从遥远的地方一路开到这里，又从这里蔓延着，不知要开到哪里。

我蹲在地上好一会儿，忽然觉得有些不对劲，我连忙站起来，樱花不见了，那一串由远及近的脚印也不见了。

这一望无垠的雪地里，只有我一个人孤单地站立着。

这里前不着村后不着店，让我心里浮上一丝说不清的空虚感。我想了想，决定继续往前走。

越往前，透明的水晶花就越来越多，然后，在那片水晶花的尽头，我看到了一座用雪铸造的城墙，在墙头上，有个穿着黑衣服的少年坐在那里，他修长的双腿垂在下面，轻轻地晃动着。

风卷着雪花，从他俊美的脸庞拂过，这是我第一次看到黑衣人的脸。

他有一双茶色的琉璃眼，红润的唇仿佛擦过最好的胭脂，他的耳朵和樱花一样，有一对尖尖的精灵耳。

我想起七宝对他的形容，他说黑衣大哥哥和沐修歌长得一样好看。

沐修歌化作人类少年的时候，模样其实只有本体三分之一的美貌，七宝眼里的沐修歌，应该是人鱼状态的样子。人鱼是这个世界上相貌最美丽的种族，而这个黑衣精灵，却能够和人鱼一样美貌，大概在精灵的世界，他也非常非常出色吧。

可是他和樱花是什么样的关系呢？

而且，樱花是东方家族的第一代女主人，这就意味着，这个黑衣精灵，至少活了有一千多年了。

"你是谁？"我仰着脖子开口问他。

他仿佛听不到我的声音，目光平静地注视着远方，好久好久，久到我都想再喊他一声的时候，他终于开了口。

"你不认识我吗？"他呓语一般地反问我，"樱花，你不认识我了吗？"

"我不是樱花。"我皱眉纠正他，"我是樱语，你看清楚了，我和樱花长得一点儿都不像的。"

他的视线，终于移到了我的脸上。

"咦？"他像是非常困惑，然后他从城墙上跳了下来，像一只黑色的枯叶蝶一样，轻灵地落在我面前，他伸手捧住我的脸，静静地注视着我。

"不是樱花。"他喃喃地说，"樱花去哪里了？"

"我不知道啊。"我此时满头雾水，他问我樱花去了哪里，我还想知道樱花去哪里了呢！

他轻轻松开捧住我脸颊的手，梦游似的转身往前走，直接穿透了那道雪造的城墙。

"你不能走！"我心一急，咬牙追了上去，然而我的脑袋却一下子撞到了城墙上。

"疼疼疼！"我大叫着，在地上打了个滚——

等等，地上？

我猛地睁开眼睛，天光已经大亮了，只穿一件睡衣的我，居然掉在地上了，刚刚的疼痛感应该是掉下床的时候，脑袋撞在地板上的缘故。

所以大雪、樱花、奇怪的透明星星花，还有那个黑衣精灵，都只是梦境而已吗？

04

"哈哈哈！"卡卡在看到我的一瞬间，就一点儿也不掩饰地对我开启了嘲讽模式……

"不许笑！"我双手叉腰，怒吼了一声，"你信不信再笑，我就把你全身的毛都剃光光！"

"小樱语啊，你这个样子不用化妆就能去演国宝。"卡卡用爪子蒙住眼睛，又偷偷从爪子下面偷窥我，那个样子别提有多贱了！

忍住忍住，我是人类，怎么能跟区区一只小猫一般见识。

"我说你昨晚上到底干啥去了啊，这黑眼圈浓的，你是一整夜都没睡

觉吧？"卡卡不怕死地继续说，"你是偷看帅哥洗澡去了吗？"

"我一定要打死你！"我朝卡卡扑过去，它灵活地躲闪开来，正好这时候沐修歌端着早餐走过来，它直接跳到了沐修歌的头顶上，颇有"会当凌绝顶，一览众山小"的气势。

"愚蠢的凡人啊，本猫岂是你能逮着的。"卡卡继续得意地笑。

我无比郁闷地看着卡卡，这年头，连"喵星人"都开始堂而皇之地欺负人类了吗！

"吃早饭吧。"沐修歌将餐盘放在餐桌上，对于头顶上多了一个"喵星人"，他好像完全没有感觉。

卡卡蹲在他头上，慢条斯理地舔着自己的爪子。

我强忍着喷饭的冲动，吃完了早饭，而沐修歌，动作依然一贯优雅从容，我特别想问他，兄弟你脑袋上顶着一只猫，你的脖子还好吗？

"我们分头行动。"沐修歌放下杯子，想了想说，"我去跟附近的住户打听一下那个老奶奶的事情，樱语你试着和这里的花草树木沟通，问问七宝的情况。"

"好。"我点点头，"那中午吃饭的时候再回来。"

"嗯。"沐修歌站起来，卡卡似乎是蹲在他头上蹲上瘾了，到现在都不肯下来，沐修歌也不在意，就这么顶着卡卡出了家门。

我擦了擦嘴巴，找了件厚实的羽绒衣穿上，最后又扎上暖暖的围巾，这才敢走出家门。

出了大楼我才发现，昨夜下过大雪，到处都是白色积雪，地上是杂乱的脚印，通向四面八方。

这时节，很多花草树木都进入了冬眠期，一时间我竟然找不到能够交谈的植物。

寒冷的冬天，雪松应该是不会冬眠的，我抬起头看了一眼，白茫茫的一片冰雪世界里，绿色少得可怜。

不过，这里应该有一棵樱花树，并且还没有进入冬眠，否则七宝的声音是不可能传到我耳朵里来的。

而且，樱花树应该就在离这里不太远的地方。

只是会在哪里呢？

我围着小区的大楼转了好几圈，别说樱花树了，稍微高一点儿的灌木丛都不多见。

我不由得有些沮丧，我曾经以为这个世界上，不会有我不知道的事情，只要我想知道，一定能打听出来的。

可是如今待在这个冰天雪地的世界里，我就像是被堵住了耳朵，根本听不到我想听见的声音。

在外面转悠了半天，一点儿收获都没有。打开家门，沐修歌和卡卡已经回来了，卡卡待在客厅的沙发上睡大觉，沐修歌在厨房里做午饭。

我拉开凳子坐下来，长在屋子里的兰花看我兴致不高，便问我："怎么不太高兴的样子？是进行得不顺利吗？"

"这个时候，外面的树木大多都沉睡了，室内的多半是与世隔绝的状态，就算问了也得不出什么有用的信息。"我闷闷地说，"外面好安静

啊，我怎么喊，都没有人回答我，有种被大家抛弃了的感觉。"

"再过几个月，等到雪过天晴，大家就回来了。"兰花安慰我。

"但愿吧。"就算她这么说，我还是没有办法高兴起来。

吃午饭时我依然闷闷不乐的，吃完了沐修歌问我："怎么了，发生了什么事情？"

"没什么，大家都冬眠去了，我什么都没问。"我幽怨地盯着他，"听说过动物会冬眠，没有听过植物也会冬眠的。喂，沐修歌，你也会冬眠吗？"

"呵。"他忍不住笑了起来，"人鱼不冬眠。不要这么沮丧，你还有我呀。"

心里微微一动，他的一句"你还有我"，让我原本郁闷的心情，一下子变得好了起来。就像是原本乌云密布的天空，被一抹灿阳笼罩了一样。

"那你今天都问到了些什么？"我双手支在下巴下，满怀期待地看着他。

似乎从认识沐修歌开始，他就没有让我失望过，这一次也是一样。

在我期待的眼神中，他缓缓将他听到的有关于那个老奶奶的故事说给了我听。

老奶奶今年已经八十六岁了，而如果她的孩子还活着，应该已经六十岁了。

老奶奶年轻的时候，是个非常漂亮的美人，她们那会儿十多岁就嫁人了，那时候去老奶奶家提亲的人，踏破了她家的门槛。

她后来嫁给了一个教书的先生，那先生文文静静的，戴一副黑框眼镜，也是个儒雅的人。不过先生在老奶奶还很年轻的时候就染病去世了，只留下了她和儿子相依为命。

她将儿子带大了，却没有来得及享一天的福。

那是一个寒冷的冬天，大雪下了好几天都没有停，儿子想去雪湖里捞鱼回来，却没有想到会一去不回头。

他是淹死的，只是死的时候，脸上却挂着一丝欣慰的笑容。从那之后，老奶奶就一个人独居生活。直到十一年前，她乡下的房子被拆掉了，她被安排住进这处居民小区。

"果然，那些人看不到七宝。"沐修歌的猜想成真了，在别人的眼里，七宝是不存在的，那是只有老奶奶才能看到的孩子。

"是啊，他们觉得老奶奶患了老年痴呆，经常幻想自己有个可爱的孙子。"沐修歌轻声说，"她年纪大了，社区医护人员建议她搬去疗养院住。"

"啊。"我睁大眼睛看着沐修歌，"老奶奶如果搬走，那……"

"嗯。"沐修歌点了点头，"如果搬走了，可能就再也不能回家了，那样，七宝也就没有家了。老奶奶不想去疗养院，她带着七宝出门，告诉所有人，她不是一个人，她没有疯，她有个孙子叫七宝。可是这样让别人更加肯定她是疯了，可能再过段时间，她就要被送去疗养院了。"

"怎么会这样。"我呆呆地愣在了那里，"难道七宝召唤我，是为了老奶奶的事情吗？"

"嗯，他大概不想让老奶奶去疗养院吧。"沐修歌的眼神变得非常温柔，"精灵的内心其实很柔软很脆弱的，他们很恋旧，轻易是舍不得离开居住了很久的家，也舍不得离开一直待在一起的亲人。"

05

第二次拜访老奶奶，我和沐修歌准备了一点儿小礼物。敲开老奶奶的家门，她的表情比上一次更加和蔼。

"你们是来找七宝的吧。"她很高兴地说，"快进来，七宝刚刚出去了，一会儿就回来。"

"他去哪儿了？"我走进去，将礼物放在桌子上。

"他出去采花了，他说要采好看的花送给奶奶。"老奶奶笑得眯起眼睛，她说，"七宝是个好孩子，只是都没有孩子和他玩，谢谢你们来看他。"

"你放心，奶奶，我们会经常来找他玩的。"心里莫名一酸，我忽然明白了，为什么上次她会那么热情，那么不设防备地将我们让进家门。

"你们先坐着，他马上就会回来的。"她给我们倒了茶，在一张摇椅上坐下来，拿过一本童话书，戴上老花眼镜，兴致勃勃地翻看着。

"每天，奶奶都会给七宝讲故事，她没有那么多的故事，就去买了很多童话书。"吊兰小声告诉我，"奶奶真的很喜欢小七宝，没有七宝，奶奶应该早就离开这个世界了吧。"

我看着老奶奶如雪的白发，她坐在摇椅上，午后的太阳洒在她身上，让人感觉到，她是一个非常非常慈祥的老奶奶。

"咔嗒——"门终于开了，七宝从外面走进来，他的怀里抱着一大捧的水晶一样的花朵。

看到那花的一瞬间，我惊得从椅子上站了起来，是那种花，昨晚上我做梦，这种花就开在雪地里，一片一片蔓延到一座冰雪砌成的城墙外。

我以为那只是一个梦，这种花并不存在，可是现在，七宝却抱着一大捧出现在我眼前。

"怎么了？"沐修歌见我太过激动，轻轻抓住了我的手，将我拉着坐了回去。

"花。"我指着七宝手里的花，轻声说，"昨夜我做了个梦，我梦见了樱花，我跟在她身后往前走，雪地里满是这种花。"

"这是星星花。"沐修歌淡淡地说，"这种花开在雪国，是精灵一族最喜欢的植物。"

"星星花。"我喃喃地重复了一声，"这么说来，昨晚上……也许不是梦？"

"别想太多。"沐修歌出声安抚我，"也许是因为越靠近雪国，你身体里又有精灵的血脉，所以会被这里的气息吸引。"

"樱花姐姐也喜欢星星花吗？"七宝仰着头看着我，他从那把星星花里抽出一根走到我面前，"那这朵花，送给姐姐。"

"谢谢。"我接过花，七宝抱着那些花走到老奶奶面前，他将花一股

脑丢进老奶奶的怀里，老奶奶乐得直发笑。

"我们七宝最乖，最懂事了。"她伸手抚摸着七宝的头。

七宝埋进奶奶的怀里，快乐地撒着娇。

我的脑海中蓦地浮现出小时候，外婆抱着我的样子。

有时候我在想，假如外婆没有生病，她会不会阻止东方家族的那些人，不让他们将我带回去呢？

就像七宝和奶奶，如果一直不分开，一直这么快乐地在一起，那该有多好呢？

"怎么了？"沐修歌的声音响在耳边，他的指尖从我脸颊划过，上面沾了一滴透明的水珠，我怔怔地看着那滴水珠，抬手抹了一把自己的脸，这才发现自己竟然哭了。

"没事。我没事。"我站起来，我现在心里很乱，不太适合留在这里，"我想回去，你在这里和他们说说话吧。"

我说完，不等沐修歌回答，站起来打开大门就走了出去。

我逃也似的跑回家，这个时候我只想找个地方躲起来，安安静静的，直到混乱的思绪全部消失为止。

然而我才打开家门，就看到家里的沙发上背对着我坐了一个人。

我吓了一大跳，而坐在沙发上的那个人听到开门声，缓缓地回过头来。

我怔住了，随即心中浮上一层怒火，我冲过去一把揪住那个人的衣领，凑近他的脸，用无比愤怒的眼神瞪着他："东方夜，你是跟屁虫吗？

怎么到哪里都有你？你是怎么进来的？知不知道随便进出别人的家，是在
犯罪！"

没错，这个像幽灵一样，毫无预兆地出现在我面前的人是东方夜。

"你是不是忘记了一件事？"东方夜用带着笑意的语气说，"需要我
提醒你一下吗？我进出这里，并没有犯罪。"

"你闭嘴！"我低喝一声，"你现在就给我离开这里，我不管你是怎
么找到这里来的，总之，这里不欢迎你。"

我说完，用力将他摔回沙发里，拍了拍手走到门边，打开门做出一个
请的手势。

"这里不欢迎我，我不介意你跟我回去。"东方夜一副有恃无恐的模
样，真让人恼火。

"樱语？"沐修歌的声音从我背后传来，我蓦地转身，只见沐修歌抱
着卡卡，正不解地看看我，显然不明白我为什么会站在家门口。

"发生什么事了？"他说着走到我身边，然后他抬起头看向屋子里，
我看到他的表情微微愣了愣，"东方夜？"

"幸会，我们又见面了。"东方夜缓缓地朝门口走来，"这段时间，
承蒙你照顾樱语了。谢谢你。"

"不必。"沐修歌淡定地说，"不要说得好像我是在替你照顾她一
样。"

"事实好像的确如此呢。"东方夜似笑非笑地看着沐修歌，"照顾樱
语，是我的责任，因为……"

"东方夜你给我闭嘴！"我低喝一声，试图打断东方夜的话。

我不想他继续说下去，至少现在，至少此时此刻，我希望他闭嘴！

"怎么了小樱语。"东方夜冲我微微笑了笑，他走到我身边，轻轻执起我的手，然后他将我的手贴到唇边轻轻吻了吻，"我也不是非要带你回去不可，如果你想留在这里，那我也留在这里吧。"

"你松手！"我用力甩开东方夜的手，用力将手背在衣服上擦了擦，"我不要你留在这里，这里不欢迎你。"

"樱语说了，这里不欢迎你，所以，请你离开。"沐修歌稍稍侧过身，示意东方夜可以离开了。

东方夜脸上的笑容不知道是什么时候消失的，他此时的表情有些冷，漆黑色的瞳孔之中闪着我看不懂的光芒，他说："恐怕不行呢，因为，小樱语是我的未婚妻。"

CHAPTER

精灵安栖的琉璃城堡 | 第七章

07

01

夜色很浓，没有月亮的夜晚，星星就显得特别多。

我抱着卡卡，慢慢地走向住宅楼的楼顶天台。推开楼梯尽头的门，刀子似的冰冷夜风吹在脸上，很疼。

沐修歌坐在天台边上，他稍稍仰着头，看着漫天星辰。

我站在楼梯口，忽然有些不敢走到他的身边去。

周围很安静，安静到风的声音都很刺耳，一贯聒噪的卡卡，却一直在沉默。

事情走到这个地步，并非是我意料之中的。

我以为我能够永远逃离东方家，所以我从来不想去面对有关于东方家族的一切。

包括东方夜。

我以为等到我足够强大，强大到可以摆脱东方家的时候，就能解除那可笑的婚约。

我从未想过告诉沐修歌这件事情，因为一来我不想他知道，二来……

我们不过只是不得不结伴同行的伙伴而已，我不认为他会对我的事情感兴趣。

我从未想过这种情况，那就是东方夜在我还没有那么强大的时候，直接找到我，用这个身份堂而皇之地留在我身边。

"冷吗？"好久好久，沐修歌开口说话了。

我顿时松了一口气。

我以为他会再也不理我，因为我竟然没有告诉他这么重要的事情。不过现在看来，是我想多了吧。

我竟然会担心，沐修歌会生气。

可他为什么要生气呢？我好像从来都不是他的谁，他也并不是我的谁。

心情忽然变得很失落，我在他身边坐下，与他一起并肩看着一闪一闪的星星。

"不冷，大晴天的，连夜空的星星都这么清晰。"

"知道吗？"沐修歌低低笑了笑，"我们看到的星星，其实都是亿万年前的样子，也许现在，那些星星都已经不在了。"

"所以我们眼睛里的星光，都是死去的星星的尸体吗？"我静静地看着漫天星光，不知道为什么，心里有种想哭的冲动。

"是啊，这星光也许还会存在很多很多年，直到我们老去，死去，化作尘埃，星光仍然会继续闪耀。"他转过头来看我，我看着他琥珀色的双眼，那里映着星光，温柔一如往昔。

"对不起。"我轻声说，"一直没有告诉你……"

"你喜欢他吗？"沐修歌问。

我轻轻摇了摇头："至少没有想要跟他一直在一起的冲动。"

他忽然凑近我，他的双眸定定地望着我的眼睛。

他的呼吸就在耳边，他眼眸里，倒映着我有些苍白的脸孔，我的心跳不由得开始加快。

"所以是不喜欢吗？"他低沉的嗓音很好听，像是带着一丝蛊惑与诱惑。

"应该是从未想过要喜欢那个家伙吧。"我叹了一口气，沐修歌解下脖子上的围巾，轻轻替我系上。

围巾上还有他的温度，这温度曾一次又一次让我觉得安心，让我在手足无措的时候，感觉到他还在这里。

觉得无论事情有多糟糕，他还在这里，就没有关系的。

忽然就很想将一切故事告诉他，那些隐藏在我自己心里，不想去提及的过去和心思。

"想听一听，我的故事吗？"我微笑着说，"好像认识这么久，除了我是还愿师，除了我离家出走之外，我从未告诉过你有关于我的事情。"

"如果你愿意说一说，我很乐意听的。"他琉璃样的眸子里，有淡淡的笑意。

我深深吸了一口气，然后再重重地呼出去，该从哪里说起呢？有关于我的故事。

嗯，还是从第一次见到东方夜开始说吧，因为代表东方家族去外婆家接我回去的那个人，就是东方夜。

那是樱花盛放的时节，外婆的摇椅摆放在樱花树下，上面落满了花瓣，卡卡趴在摇椅边上，打着呼噜睡大觉。

外婆在后院修理花圃，我抱着大大的水壶打算去给昨天才种下的一棵樱花树苗浇水。

东方夜就是这个时候来的。

他踩着一地樱花朝我走来，在我有些模糊的印象中，好像那时候的东方夜就已经是少年模样，他穿着一件白色衬衫，黑色的长裤，衬衫领口打着一个黑色的领结，看上去像是十六世纪英伦贵族。

他走到我面前，微笑着看着我，他问我："你是樱语吗？东方樱语。"

我沉默着点了点头，有些好奇地打量这个陌生的少年。

他伸手摸了摸我的发，弯腰将我抱了起来，我坐在他的臂弯里，直视着他的眼睛，我说："你是什么人，你放我下来。"

他不说话，只是笑，抱着我去见外婆。

外婆像是知道今天会有人来这里，她没有抬头，仍然专注地修理花圃，好一会儿，外婆才用非常平淡的语气说："就是你吗，那个人。"

"是我。"东方夜轻笑着说，"外婆，你好，我是东方夜。"

外婆回头瞥了他一眼，她的眼神很复杂，复杂到那个时候年幼的我，看不懂那个眼神的意义。

"还愿师的宿命，一定要这个孩子来扛吗？"外婆叹了口气，语气里满是不忍，"这孩子才这样小，每一代还愿师的结局都……"

她没有继续说下去，而是用一种很悲伤的眼神看着我。

我冲外婆张开双臂，外婆想要接过我，东方夜却抱着我往后退了一步："从今以后，我会接手照顾她的责任。"

"呵，我知道。"外婆讽刺地笑了笑，"所谓的未婚夫，东方家这么做，不觉得可笑吗？给这么小的孩子硬塞一个所谓的未婚夫，可是最终，每一个还愿师都没有嫁给那个未婚夫。"

"未婚夫是什么？"那时候的我，并不明白这三个字的意义。

"未婚夫就是，一直在你身边照顾你的人。"东方夜微笑着回答我，"樱语你要记住，那个人就是我。"

"可是我不想要你照顾我，我要外婆。"我心慌了，探着身子朝外婆扑去，我开始苦恼不已，终于外婆发了脾气。

"她还是我的外孙女，就算最后一次，让我和她单独待一会儿。"外婆冷着脸将我从东方夜的怀里夺了过去。

她牵着我的手，一步一步走进樱花林。

卡卡还窝在躺椅边睡觉，看到我们过来，懒洋洋地抬起头冲我们"喵"了一声。

"外婆，我不要走，我不走。"我哭着抱着外婆的大腿，"外婆不要送我走好不好？"

"樱语，你听我说。"外婆的表情很平静，平静到那时候的我以为，外婆真的不要我了。我哭得更凶了，闹着不肯听话。

"我们樱语最乖了对不对，不哭不哭了。"外婆轻轻拍着我的后背，就这么安抚着大哭不已的我。终于哭得累了，我窝在外婆肩膀上，心里委屈极了。

"樱语，外婆的话你一定要听好了，将来你可能要做一些你不愿意去做的事情，但无论如何，不要放弃希望。如果遇到喜欢的男孩子，勇敢地跟他走，不要去顾忌那个所谓的未婚夫，那个人……只是个狡猾的狐狸而已。"

外婆说了很多很多话，但是那时候的我年纪太小，所以只能记住其中的一部分，其他的都遗忘在岁月里，怎么想都无法想起来了。

后来太阳快要落山的时候，外婆牵着我的手将我交给了东方夜。

我记得那个黄昏，每一个细节我都清晰地记得。

我趴在车窗玻璃上，看着那个开满樱花的小院子。

外婆就站在那里静静地看着我，一直就这么看着，直到最后什么也看不见了。

而黑夜，就是在这个时候彻底吞噬天边那一抹霞光的。

02

那后来，我就成了傀儡娃娃一样的存在。

我见到了所谓的爸爸，他坐在沙发上，看到我只是轻轻冲我点了下

头，然后就挥了挥手让东方夜将我抱下去了。

"樱语，没关系，以后有我，我会一直陪着你的。"东方夜轻声对我说，"觉得害怕，觉得孤单，就喊我的名字，我一定会第一时间来到你身边的。"

"可是我想回家。"我小声地说。

他愣了一下，我感觉到他握着我的那只手，稍稍用力捏了捏我的手："这里就是你的家啊。"

"这里才不是我的家。"

我瘪了瘪嘴，却没有哭，因为外婆不在这里，哭了，外婆也不会哄我的。

东方夜没有再说，他只是牵着我的手，将我带回了我住的地方。

再一次见到外婆，是在我十三岁那一年，是在一张黑白照片上，她似乎在朝我微笑，然而她再也不能喊我樱语了。

外婆生病去世了，我连她的最后一面都没有见到。

那年樱花树下她对我说的那些话，竟然成了最后的遗言，原来在那个时候，她就已经将最后的嘱托都说给我听了。

而我从车窗看她的那一眼，也已经是最后一眼了。

产生出从那座华丽的囚牢里逃出去的念头，就是在见到外婆遗照的那一瞬间。

不想就这么可悲地待在这个地方，为了东方家族的一个愿望，让自己的一辈子都活成木偶人一样。

跟着就是完整的计划，我将任何一种可能性都考虑到了，然后我在等待一场罕见的大雾，最后的结局便是我带着卡卡，成功逃离了那座别墅。

"有时候自己都在想，我到底是为了什么而出生于这个世界。"我喃喃地说，"我出生的时候，就带走了妈妈的生命，后来是外婆，然后是我自己的人生。可是我不想要这样，我总想要改变这样的命运，我想要做我自己，而不是做东方家的还愿师。"

"沐修歌……"我轻声问他，"你说，我最终能够从那个地方真正地脱离出来吗？"

"如果你足够坚定，那么全世界都会为你让路。"沐修歌说，"没关系的，你已经做得很好了。不要迷惘，不要犹豫，不要觉得不安，不管怎样，我就在这里。"

"谢谢你。"我说，"你是第一个听我说这些往事的人。"

"很高兴，我是第一个。"他站起来，"我去给你热杯牛奶吧。"

"嗯。"我轻轻点了点头。

我没有回头，只有沐修歌的脚步声，很有节奏地远去。

"你是什么时候站在这里的？"沐修歌的声音淡淡的，自楼梯口传来。

我心里微微一动，下意识地回头看了一眼。

不远处昏暗的阴影里，东方夜挺直脊背站在那里。

"从樱语对你说故事开始。"东方夜的语调有些低沉，听上去心情不太愉快的样子。

169

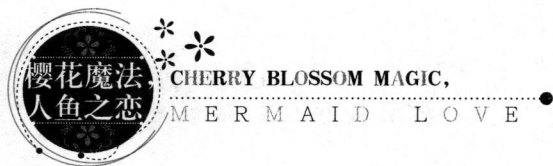

"偷听别人说话,这似乎不是个好习惯吧。"沐修歌低笑着说。

"我只是想听一听有关于我的回忆而已。"东方夜缓缓地说。

"呵,似乎你给的都是一些不太美好的回忆呢。"沐修歌轻笑着错开东方夜走下楼梯,东方夜没有接话,而是慢慢地朝我走来。

"你喜欢那家伙吧。"他在我身边坐下之后,说出来的第一句话就是这个,"看得出来,你喜欢他。"

我也没有打算否认,很坦然地点点头:"那又怎样?"

"那么,你喜欢我吗?"他忽然问了我这样一个问题,"你只说,没有想过要喜欢我这种事,这样太不公平了,小樱语。"

"这很公平的。"我耸耸肩说,"东方夜,你并不喜欢我,又为什么要我喜欢你?"

他愣了一下,张嘴想要辩驳,只是最终他并没有说出什么话来。

"看吧,无法否认吧。你不过是东方家选中的一个管家,他们让你照顾我,他们将这个责任都丢给了你,我们都是被东方家牺牲的存在,所以现实一点儿吧,东方夜,你不喜欢我,我也不喜欢你,你完成你的职责,我不逃避我的宿命,我们井水不犯河水,这样不好吗?"我看着他的眼睛,将话说得更加透彻明白了一些。

"樱语,你可真狠心啊。"东方夜低笑出声,不知是不是我的错觉,我似乎从他的笑声里听出了一丝落寞,"你因为一个东方家,要全盘否定我。我陪在你身边十多年,哪怕是一分钟、一秒钟,你没有对我有过依恋吗?"

"或许有过吧。"

我不能否认这一点。

印象中，东方夜一直都陪在我的身边，陪着我从地球的这一端飞往另一端，陪着我跋山涉水，陪着我穿洋过海，我的每一道足迹里，都有他的痕迹存在。

但就算是这样——

"那也不是心动，不是喜欢。"

在遇到沐修歌之后，我明白了真正依恋一个人是什么样的心情，真正信任一个人又是什么样子，而思念一个人的感觉，同样是沐修歌教会了我。

所以，很抱歉，东方夜，或许在我觉得脆弱、觉得孤单的时候，想过要依赖你，但最终，我仍然选择从东方家逃走了。

其实在那个时候，我就给出了最后的答案吧。

"你有喜欢的人，我知道的。"我看着东方夜说，"或许大人总觉得小孩子什么都不懂，但并非是这样的，小孩子的心思或许比大人更加细腻。的确，你说得对，那么漫长的陪伴，我不可能没有将视线落在你的身上，我有过驻足，然后我就发现了你的秘密。"

确切地来说，是他深藏于心底的隐晦心事。

那大概是我十二岁那年发现的，那时候当我偶尔看着东方夜的时候，我发现他总是看着我出神，但这么形容又有些不对，因为他的眼里，从来倒映不出我的影子。

他不过是透过我，看到了别的人。

他的脸色蓦地变了，眼睫垂下去。

我看不见他此时的眼神，但我感觉到他现在的心情不太好，于是站起来往前走了几步，说："我先回去了，我想你或许需要一个人静一静。"

我轻轻带上门，顺着楼梯往下走。

才走到家门口，就看到沐修歌端着一杯热牛奶打算出门。

他见我已经回来了，有些惊讶，不过并未多说什么。

我从他手里接过牛奶，仰头一口气喝完了，我说："我睡觉去了，晚安。"

"晚安。"他应了一声。

03

躺在床上，我却怎么也睡不着觉。

半夜时分，感觉到房门被人轻轻推开了，我闭着眼睛假装自己已经睡着了。

有个人在我床边坐下来，一只手轻轻地触了触我的额头，一道融融的目光落在我的脸上，好久好久，我听到一声轻微的叹息声，身边的床垫弹了回来，坐在床边的那个人站起身。

脚步声渐渐远去，我悄悄睁开眼睛，映入眼帘的是东方夜的背影，消失在慢慢合上的门扉背后。

心里微微一动，东方夜？

他来干什么？我盯着已经关上了的门，黑暗中，东方夜消失的背影让我有种莫名的熟悉感，是因为这两天发生的事情太多，以至于我产生了错觉吧？

一定是这样的吧。

闭上眼睛，这一次终于沉沉睡了过去。

迷迷糊糊中，我忽然惊醒了，房里放着的一盆水仙花，正焦急地喊着我："樱语，樱语快醒醒。"

"怎么了？"我揉了揉眼睛，双足落地，冰冷的触觉让我顿时清醒了。我忙穿上鞋子，走到水仙身边。

"看那边！"水仙伸手指着窗外，我困惑地朝窗外看了一眼。

这一眼，顿时叫我汗毛都竖起来了。

我的窗外腾空飘浮着一个白发小孩，那一双红色的眼眸，让我一下子认出了他是谁。

"七宝？"我忙打开窗户，窗外的那个小孩见我认出了他，立即开心地笑了起来，他背后有一对非常漂亮的翅膀轻轻扑腾着，他从窗户里钻进来，脸上挂着甜甜的笑容。

"你……"虽然知道他是精灵，但是这么直观地看到他的本体，还是让我很震惊的。至今为止，我好像也只看过沐修歌的人鱼本体，精灵的本体我还是第一次见呢。

"你果然是樱花姐姐。"他伸手抓住我的手，他说，"姐姐，你陪我

去一个地方吧。"

"去哪里？"我不解地看着他，心里有些迟疑，"现在是晚上。"

"就是要晚上，城门才会开啊。"七宝理所当然地说，他见我犹豫的样子，干脆抓住我的手，他拽着我直接跑到窗户边上，然后在我发愣的时候，一把拖着我从窗户口跳了下去。

"啊——"我大声尖叫起来，心脏都要停跳了。

"别叫，没事的呀，樱花姐姐。"七宝的声音，嘻嘻哈哈地传入我的脑海中。

我感觉到自己正飘浮在半空，并没有发生下坠的情形。我悄悄睁开一只眼睛，漆黑的夜幕里，星星显得那么闪耀明亮，而七宝大大的翅膀轻轻抖动着，我的手被他紧紧握在手里。

我又在做梦了？怀着这样的困惑，我狠狠掐了自己一把，这一掐，顿时疼得又叫了一声，不是梦！

这段时间，我总是莫名其妙地处在奇怪的场景中，我以为是现实，却全都是在做梦。不过现在，此情此景，我多么期望这是一个梦，然而现实告诉我，这不是梦……

"七七……七宝，我们这是在飞吗？"我说话都不太利索了。

"当然在飞，樱花姐姐，一会儿你一定要帮我，好吗？"他纯洁干净的双眸，静静地注视着我。

"你要去哪里，我能帮你什么？"我不解地问他。

七宝的目光暗了下去，他闷闷地说："奶奶生病了，我想让她好起来。"

"生病了？"我有些诧异，之前看到老奶奶的样子，不是还好好的吗？虽然这里的居民觉得老奶奶老年痴呆，总是看到幻觉，但我知道，那不是老年痴呆。

"嗯，奶奶生了很严重的病，她患了胃癌，虽然我平常摘星星花回来替她治病，但是现在更加加重了，星星花也没有办法减轻奶奶的痛苦了。"七宝说着，大大的眼睛里很快地聚集起了一层水汽，"我不想奶奶难过，我也不要奶奶死去。"

我想我明白这种心情的，看着七宝和老奶奶，我总想起我的外婆。

"我能帮你做什么呢？"沐修歌告诉我，那种透明的水晶一样的花，叫星星花，但是并没有告诉我，那种花能够缓解疼痛。

"在精灵国，精灵领主的花园里，长着一棵开了四百年的星星花，是紫色的，那朵花可以治好老奶奶的病。"七宝缓缓地说，"可是他们不让我进去，我去了很多次，他们都不肯帮我。"

精灵国？我心里"咯噔"了一下，会不会是那天晚上，我做梦的时候梦见的那个地方？

"可我去了，他们也不会帮我啊。"我心里很是忐忑不安，"你好歹是个精灵，我就是个人类而已。"

"不会的，你是樱花姐姐，你一定能帮到我的，对吗？"他水汪汪的大眼睛注视着我，眼神充满期待，"你听到了我的召唤，你是带着希望到我身边来的，对吗？"

我张了张嘴，拒绝的话却迟迟没能说出口。

这个小家伙，他将全部的希望都倾注在我的身上，我是他能想到的最后一条退路，我从他的眼神里，读出了这样的意思。

"我试试。"我小声地说。

心里超级没有底气，因为我不是什么樱花，我与樱花的关系算起来，就是我的身体里可能流着她很小很小一部分的血液。

不过现在也管不了那么多了，至少先到雪国看看，实在不行……就悄悄把那朵星星花偷回来！

想到这里，我顿时振奋精神，虽然偷东西不对，但是这是不得已而为之的嘛——好吧，就算不得已也不能偷东西，看样子，只能想办法让精灵国的领主将那朵花送给我了。

七宝拉着我越飞越远，终于到了一片荒无人烟的空地，那是一片被白雪覆盖的世界，那种水晶似的星星花在星光下，反射出晶莹的白光。那花点缀在雪地里，乍然望去，仿佛是天上的星星都跑到了地上。

我突然明白了，为什么这种花叫星星花。

那是雪地里的星星，长在雪国，是精灵一族极为喜爱的一种花。

也只有这种被大雪笼罩的国度，才会有这样纯粹的花朵存在吧。

"前面，就是精灵国了。"七宝拉着我的手，收拢翅膀急速朝下滑翔，夜风很剧烈，卷起我的发，拍在脸上有点疼。

不过这无法影响我此时激动的心情！

我看到了，那连绵不绝的冰雪城墙，就是我梦里出现的那个城墙！

04

不是在梦里，我确确实实来到了这个地方。

七宝站在我身边，他紧紧握着我的手，跟我一起仰着头，看着这段风雪铸造而成的城墙。

剔透晶莹的城堡自城墙上探出头来，城堡里面，很多玉树银花似的大树肆意生长，这些树木和星星花应该是同一类，都是半透明的，仿佛水晶一样。

"这里就是精灵国吗？"若不是我就站在这里，我一定不会相信，这个世界上会有这样一个地方。尽管我能看到花精灵，尽管我见过了美人鱼。

"是啊。"七宝轻声说，"这个地方其实有结界的，和人类世界虽然离得很近，但是人类一般到不了这个地方。"

"嗯。"一般异族和人类世界，都会存在结界，像是人鱼生活的那片海域，还有眼前这冰天雪地里藏着的精灵国。

"大门在什么地方？"我扭头看向七宝。

"跟我来。"七宝拉着我往前走，沿着城墙走了一小段路，就看到同样由冰雪铸造而成的高大城门耸立在眼前。

城门上，有一个精灵女王的浮雕，她的面孔看上去有些眼熟，我总觉得在什么地方见到过。

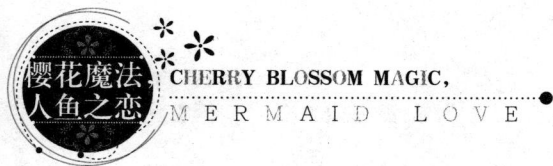

是樱花吗？不，不是樱花，梦里出现的那个樱花，和这个女王的样子还是有区别的。

我走上前，用力推了推门，却发现这门很沉，我推了好一会儿，门还是纹丝未动。

"这要怎么进去啊。"我有些手足无措了，别说是进去找精灵国领主，我连进都进不去……

"或者七宝，能飞进去吗？"我无比期待地看着七宝。

七宝瘪着嘴巴，委屈地摇了摇头："这里有结界，我飞不进去。"

我在城墙边上来来回回转了几圈，脑中灵光一闪："有办法了，我们爬进去！"

"爬进去？"七宝不解地看着我，大眼睛眨啊眨。

"对！"我看着接近两米高的城墙，这个高度其实没什么难度嘛！我滚了个大雪球过来堆到城墙边上，七宝也很聪明，看着我的动作，很快就明白我想做什么。

这么折腾了一会儿，城墙下面就堆积了高高的雪堆，我踩上去试了试，还是很结实的。

我带着七宝爬上了城墙，然后从墙壁上缓缓地滑了下去。城墙里面的世界，这才完完整整地呈现在了我的眼前。

"好美的地方。"我小声地嘀咕了一声，这里的一草一木、一楼一景，都像是出自手艺最精湛的技师之手，这里美得这样不真实，让人有种进入了童话世界的错觉。

"七宝，你来过这里吗？"我回头看向七宝，却发现七宝已经朝着前面的岔路跑了过去。

我连忙跟了上去："等等我啊七宝，别跑那么快！"

"姐姐快点！"七宝回头催促我。

然而就在他回头的瞬间，我看到两个精灵走过来，拦在了七宝身后。

"七宝小心！"我本能地喊了一声，却发现七宝的眼神带着浓浓的恐惧，他的视线落在我的身后，我心里顿时浮上一丝不太好的预感。

我停下脚步，回头看了一眼，只见也有两个男精灵紧紧地跟在我身后！

我被吓了一大跳，心脏扑通扑通的，好一阵心悸。

"那个，有话好说。"我扯了扯嘴角，露出一个僵硬的微笑。七宝此时飞快地跑到我身边，用力抓着我的衣角，像个受惊的小兽一样，很不安。

"你们是什么人，竟然会出现在这里。"其中一个男精灵走上前来质问我，"你跑到我们精灵国，想要做什么？"

"咦，七宝？"一个惊讶的声音自身后传来，那是个女精灵的声音，"是你？"

"白月姐姐。"七宝喊了一声，"白月姐姐，你们不要为难樱花姐姐，是我硬拉着她来这里的。"

"你还是来找星星花？"被七宝称之为白月的女精灵绕到我面前，她上上下下打量我，眼神有些困惑，"你带人类来这里，该不会是觉得这个

人类能帮到你吧。"

"她一定可以的，因为她是樱花姐姐。"七宝脆生生地说，"无论什么愿望，樱花姐姐都能实现。"

白月愣了一下，眼神里的困惑之意越来越浓，她说："你说的樱花，不会是那个樱花吧。"

我的精神为之一振。

听她的语气，似乎是知道樱花的，那么是不是意味着，我能够弄明白，和樱花一起出现在我梦境里的那个男精灵是谁？

"你认识樱花？"我追问道，"还愿师樱花？"

白月脸上露出了一个嘲讽的笑容，看样子她还真认识樱花，我忽然觉得有些庆幸，也许乐城真是来对了。

"如果是还愿师，那么我想她应该已经死了。"白月说着，又补充了一句，"并且死了有上千年了。你应该只是东方家的还愿师吧，因为身体里有樱花的血液，所以才能够被七宝召唤。"

我点点头，很坦然地承认："我的确不是樱花，我是东方樱语。"

"先把他们关起来，稍后让领主处置吧。"白月不再看我，她转身对着其他精灵说，"看住了，别让他们跑了。"

"才不要被你们关起来！"我这辈子最恨别人将我关起来，这让我想起之前被东方家禁锢在别墅里的日子。

我撒腿就跑。

那些精灵跟在我后面追，眼见着我就要被他们抓住了，就在这时，一只手抓住了我的手臂，跟着我就落入了一个温暖的怀抱。

一个熟悉的声音在我耳边响起。

"别跑了，没事了。"他轻声对我说。

我猛地抬起头来，不可思议地看着站在我面前的沐修歌。

我回头看了一眼，来的还不只有沐修歌，东方夜也来了，他紧紧地站在那里，挡住了追着我的精灵去路。

白月看着东方夜，眼神先是困惑，跟着脸色一白，错愕地看着他："你是……你是……"

"我是东方夜。"东方夜淡淡地说，"我来接樱语回家，希望你们不要阻拦。"

"东方夜？"白月不可思议地看着他，跟着她的表情变得很奇怪，"呵，所以这一次，你又变成东方夜了吗？"

他们的对话听得我一头雾水，不明白他们到底在说些什么。

不过就算我听不明白，我也发现了一件奇怪的事情，那就是——白月认识东方夜。

05

半个小时后，我们被安排在一个非常华丽的房间里暂作等待，白月已经去通知领主了。

"本猫好饿。"卡卡趴在柔软的垫子上有气无力地说，"小樱语，你

大半夜不睡觉乱跑个什么劲儿，看看，现在被困在这里了吧。"

"你们是怎么找到这里的？"我无视了卡卡的话，看着沐修歌问。

沐修歌轻笑着说："睡觉睡到一半，听到了你的尖叫声，然后就一路追了过来。"

"哦对，我忘记你是人鱼，也算是精灵的一个分支。"和沐修歌相处久了，我忘记了他其实是个人鱼的事实，因为他实在是太像一个人类了。

不过——

"东方夜。"我站起来走到东方夜面前，"你怎么会认识那个精灵？"

"怎么，吃醋了吗？"东方夜睨了我一眼，眼底是似笑非笑的神情。

"别转移话题。"我直觉东方夜出现在这里，并不只是跟着我到这里来这么简单。之前白月分明是要将我和七宝关起来，可是在看到东方夜之后，却改变了主意。

要是不是因为东方夜的缘故，打死我都不相信，因为白月全程都没有理会过沐修歌。

不是因为沐修歌，那必定是因为东方夜，更何况之前他们的对话，分明是一对久别重逢的故人。

一个人类，怎么会认识一个住在雪国的精灵？

到这个时候我才意识到一个问题，那就是我竟然从来没有想过去了解东方夜，我们朝夕相处了十多年，我只知道他是东方家族选出来照顾我的人，对我来说，与其说他是未婚夫，倒不如说是全职管家来得更贴切。

他从哪里来，来东方家之前在哪里生活，有什么朋友，这些我统统都不知道，也没有产生过好奇心。

"你真的想知道吗？"他终于收起了笑脸，眼神也变得极其认真。

"我想知道。"我点点头。

东方夜沉默了，好一会儿他才继续往下说："我的确认识她，在认识你之前，我就认识她。"

我正想问，是不是白月也曾在人类社会生活过，这房间门口就传来一串脚步声。脚步声多且杂，听上去不止一个人。

我忙回头看了一眼，来的人是个非常美丽的女性精灵，她的额头上戴着一个殷红的花环，衬得她雪一样的肤色更加清透。我这才知道，精灵国的城门上那个雕像是谁，不正是眼前这个精灵吗？

她就是精灵国的领主吗？

"人鱼竟然会来我们精灵国做客，真是稀客。"她的视线落在沐修歌的身上，浅色的眼眸里带着一丝笑意。

"来得唐突，领主不要怪罪就好。"沐修歌很从容地应了一声。

领主笑了笑，将视线移到了我的身上。

她一步一步朝我走来，上下打量了我一遍，跟着她回头看了东方夜一眼，那眼神相当复杂，我看不懂。

"东方家的还愿师，听说你需要我的帮助？"领主将视线收回来，重新落在我的脸上。她的语气淡淡的，称不上冷漠，但也算不上热络。

"对。"我拉过坐在一边一句话也不敢说的七宝，我说，"我想请你

帮帮这个孩子，将紫色星星花送给他，他很需要那朵星星花。"

"精灵国的东西，是不可以送给人类的。"领主说，"吃下那朵星星花，人类就会拥有精灵的生命，这会让别有用心的人类，追着踪迹来到精灵国，到时候后果会不堪设想。"

"可是他真的很需要那朵星星花。"领主说的这个问题，我之前没有想过，因为我以为星星花只是能够让老奶奶的病好起来，我不知道人类吃下精灵国的东西，会拥有精灵一族漫长的生命。

"就算你这么说……"领主缓缓地说，"我也没有办法答应你呢。"

"如果是我拜托你呢？"一直沉默着的东方夜忽然开口说，"一朵星星花而已，精灵国不是这么小气的国度吧。"

领主的眉头皱了起来，她看向东方夜，东方夜笑了笑说："怎么，我说的不对吗？"

"我还以为，你永远都不会回来呢。"领主笑了起来，"尘鸢，这么多年了，你怎么还围着东方家的还愿师转啊。"

"尘鸢？"我诧异地看着领主，"他是东方夜。"

"东方夜？"领主脸上的笑容更加浓了，"是嘛，这一次，他又叫东方夜了啊，让我猜猜，他一定是以你未婚夫的身份待在你身边的吧。"

我瞬间僵在了原地，为什么她会知道得这么清楚？

我看向东方夜，他却移开了视线不与我对视。我忽然觉得自己很无知，很可笑，这么多年了，一个人一直跟我在一起，我对那个人却一无所知。

最熟悉的陌生人，就是这样吗？

"看样子我说对了。"领主静静地看着我，她的目光像是要穿透我的灵魂，"既然来了，你们就暂时在这里休息吧，外面下大雪了，等雪停了，你们就回去吧。"

我仍旧呆呆地站在那里，脑中乱糟糟的，连领主什么时候离开的都不知道。

"樱语？"沐修歌轻轻握了握我的手，他拉着我在凳子上坐下，递给我一杯水，"先别想那么多了，眼下最重要的，是想办法帮七宝拿到那朵星星花。"

"你们在这里等我一下，暴风雪停下之前，我就会回来的。"东方夜走到门口，他没有回头，背对着我们说。

他也不等我们有所回应，推开门就走了出去，门开启的那瞬间，风雪卷了进来，我下意识地打了个寒战。

"冷吧。"沐修歌握着我的手，轻轻搓了搓，"出来也不知道多穿一点儿。"

"我以为很快就能回去。"我的声音有些闷闷的，"沐修歌，我原来以为，这个世界上没有我不知道的事情，可是现实给了我一个大大的耳光，我连一直在我身边的人，都不知道底细呢。"

"傻瓜。"沐修歌低低笑了笑，"每个人都有不为人知的一面，但那些并不重要不是吗？就像是看星星，我们看到的，永远只是星星死亡的光芒。重要的不是过去，而是将来。"

我怔怔地看着沐修歌的脸，是啊，过去只是活着的日记而已，那是无法改变的，就算知道了，就算纠结了，也毫无意义。就像星光，它存在了上千年上万年，是客观的存在。但是未来，是可以被改变，可以被创造的。

沮丧的心情，慢慢地变得好起来，果然，无论局面有多糟糕，他在这里，哪怕只是说几句安慰人的话，也会让我乌云密布的心情，一下子变成万里无云的晴空。

01

外面的雪还在下，屋子里是烧着炭火发出哔哔剥剥的声响，暖烘烘的温度让人一下子就有些犯困。

"睡一会儿吧。"沐修歌轻声说，"外面的雪一时半会儿停不了，一夜不睡觉，明天熊猫眼又该出现了。"

"嗯。"我趴在桌子上，迷糊地应了一声，很快就进入了梦乡。

梦里我又梦见了樱花，这一次她坐在一棵高高大大的樱花树上，面带微笑地看着我，嘴巴微微张了张，像是在和我说话，偏偏我一个字也听不见。

我是被开门声吵醒的，我睁开眼睛茫然地看着四周，抬起头的瞬间就对上了沐修歌的眼睛。我这才发现不知道什么时候，我的头枕在了沐修歌的大腿上，身上还盖着他的外套。他靠在长椅的椅背上，不知从哪里找来一本书在看。

我抬起头朝门口看去，只见东方夜染着一身风雪走了进来，他走到我面前，一句话都没有说，只是轻轻摊开了掌心，流水似的紫色光芒映入眼帘，那是一朵巴掌大的泛着紫色光芒的星星花。

我顿时瞪大眼睛，不可思议地看着东方夜："这是？"

"星星花。"他低声说，"可以实现七宝愿望的星星花。"

"你怎么拿到的？"我错愕地看着他，"领主明明说了不可能给我，你不会是偷来的吧。"

"当然不是。"东方夜的眸子里漾出一丝笑意，"放心吧，这朵花，是我跟领主讨来的。"

为什么？我很想问他这个问题，但最终我什么也没有问，只是将这朵花握在了手心里："谢谢，不管怎么说，都要谢谢你。"

"你不必对我说谢谢。"东方夜的眼神变得忧伤起来，"一直以来，不都是我帮你准备好实现愿望的信物吗？我们之间，何必变得这么见外。"

"不一样的。"我叹了口气，有些无奈。

我握着星星花走到七宝身边，小小的七宝缩在椅子上，已经睡着了。

"七宝，醒醒。"我轻轻推了推他，七宝睁开眼睛，眼神里浸满了水汽。

"怎么了，樱花姐姐？"他困惑地看着我。

"你看，这是什么。"我将那朵星星花递到他面前，他一下子扑过来抱住我的手，他抱着那朵星星花，在地上打了好几个滚，"星星花，是能救奶奶的星星花！"

"回去吧，外面风雪停了。"沐修歌推开门，外面天光已经大亮了。

"走吧，快点回去，不然奶奶见不到七宝，会着急的。"七宝比谁都急切。

我跟在七宝身后，沐修歌走在我身边，东方夜一言不发地跟在我们身后。我不知道他出去之后做了什么，也不知道他和领主说了什么才能得到这朵星星花，在我眼里，东方夜原本清晰的模样，变成了一团水雾。

我看不透这个人。

走出雪国的范围之后，我才看到高耸的居民楼。

"对了七宝。"我忽然想到了一个问题，"这里有樱花树吗？你召唤我的时候，是在什么地方？"

"那里啊。"我们正巧走到一个岔路口，七宝伸手指着不远处的一片雪松林，"那里有一棵樱花树，虽然现在还在冬眠，但是最近不知道为什么，那棵樱花树开花了呢。"

"不会吧。"我看着地上还没有融化的积雪，"这个季节，樱花怎么会开放呢。"

"去看看。"沐修歌的眉头微微皱了起来，显然也觉得这个季节樱花盛开，是件很奇怪的事情。

"好吧。"七宝虽然很想快点回去见老奶奶，但还是带着我们朝那片雪松走去。

"樱语，你还记不记得许小悠的事情？"沐修歌冷不丁地问了我这么一个问题。

我不解地看着他，不明白他为什么这么问："我当然记得，怎么了？"

"那么，你还记得那株樱花树吗？"沐修歌的眼神有些严肃，像是有什么不好的事情发生了。

"樱花树啊。"我脚步慢了下来，那时候跟在许小悠身后，我见到过那棵樱花树，那是一棵快要枯死的樱花树。

"那棵樱花树快死了对不对？"沐修歌沉声问我。

我轻轻点了点头，也意识到是有什么地方不对劲，但仔细一想，又想不到究竟是哪里不对劲。

"那颗樱花树应该不是快死了，而是已经死了。"沐修歌缓缓地说，"那的确是有人故意引你去许小悠身边的。"

"为什么？"这个问题我和沐修歌之前讨论过，我们都觉得许小悠念出那句禁语是有人告诉她的，事实也的确是那样，不过那个人可能是东方家的宿敌之类的，想要陷害我。

可是如果不是为了害我，是为了将我引到许小悠身边，那么这个人到底想做什么呢？

"你看那边。"沐修歌停下了脚步，他指了指前面。

那是一棵正在开花的樱花树，本应该开在四五月暖春时节的樱花，却在这片皑皑白雪中怒放着，像是要将生命全都燃烧一样。

"樱花。"我走到樱花树下，伸手轻轻触碰枝头开得正好的樱花，花瓣自指尖落下，落在我的头发上、肩上，还有脚边柔软的白雪上。

这个时候，一阵风吹来，无数花瓣随风落下，仿佛下了一场樱花雪，花瓣在地上铺了一层，白色的雪衬得樱花越发粉嫩。

"七宝，你知道樱花是什么时候开的吗？"沐修歌蹲在七宝面前，温柔地问道，"还有，去年这个时候，这樱花开了吗？"

七宝想了想，回答："是黑衣大哥哥告诉我樱花开了的，也是他告诉我，在这里就能召唤樱花姐姐，樱花姐姐来了，就能帮我救奶奶了。去年樱花没有开，前年也没有开。"

我心里"咯噔"了一下，一丝不太好的预感浮上心头。

东方夜的事情还没有想明白，又来了一个奇怪的黑衣大哥哥。

我现在几乎敢确定，将禁语放在许小悠家门口的人，跟七宝口中那个黑衣大哥哥一定脱不了干系。

并且，他们许愿的那两棵樱花树，不出意外的，应该都已经枯萎，并且没有开花的能力了。有一个神秘的黑衣人，他让樱花开了花，并且蛊惑别人召唤我。

"会不会，是想让你去实现愿望呢？"沐修歌喃喃地说。

实现愿望吗？

02

回去的路上，我都在想这个问题。沐修歌没说话，东方夜一路上都在扮演哑巴，全程没说一句话，跟个幽灵一样跟在我们后面，一路上只有卡卡脖子上的铃铛声，还有七宝的说话声。

一直走到小区楼下，东方夜才开了口，只不过他不是跟我说的，他是跟七宝说的。

"七宝,这朵星星花给老奶奶吃下去,还有个条件。"东方夜说。

"什么条件?"我皱眉插话,"为什么有前提条件,你不早点说,要到这里才说?"

东方夜看了我一眼,眼神有些无奈:"因为我在想,有没有什么办法能够解决那个前提条件,但是我想了一路,也没有想到更好的办法。"

"说说看吧,前提条件。"沐修歌说,"精灵国的东西,不是随随便便就能流入人类社会的。"

"老奶奶吃了星星花,就得和七宝一起,搬到精灵国去住,从此永远都不能回到人类社会。"东方夜缓缓地说,"只有答应这个条件,老奶奶才能吃下那朵星星花。"

"搬去精灵国吗?"我有些意外,没有想到前提条件竟然是这个。

"再也没有故乡了。"沐修歌的神色有点奇怪,看不出喜悲,只是让人有种想要落泪的冲动。

"失去故乡。"东方夜接过沐修歌的话头,继续往下说,"一旦吃下那朵星星花,其他人就会像看不到七宝一样,再也看不到老奶奶了。"

"七宝……"我不知道该说什么,虽然拿到了星星花,却又要面对这样的结局。

七宝脸上同样很悲伤,因为对于七宝来说,那个地方也是他的故乡。他是一个精灵,但是在他还是一个婴儿的时候,就被老奶奶从雪地里捡了回去,从此那里就是家,那个人就是自己最重要的人。

精灵或许比人类更为恋旧，老奶奶放弃故乡，同样也是要七宝放弃故乡。

"我想和奶奶商量一下。"七宝想了想，轻声说，"谢谢你们。"

"别说谢谢啊。"看着小小的七宝，我心里更加难过了，"快回去吧，奶奶找不到你，会着急的。"

"嗯。"七宝用力点了点头。

看着七宝消失在电梯里，我这才往家走。七宝和老奶奶会做出怎样的选择，我无法干涉，也不能干涉，因为要舍弃的，并不只是一件不喜欢的衣服那么简单。

打开家门，将自己狠狠丢进沙发里，卡卡跳上我的后背，找了个舒服的位置趴下来，很快就发出呼啦呼啦的呼噜声，像是从心脏上传来似的。

"你给我下去，卡卡。"我不想动，只是有气无力地说。

"呼噜呼噜……"还是呼噜声，这货连吱一声都不乐意。

"我饿了。"肚子饿得咕咕响，早饭还没有吃，看时间快到中午了。

"我去给你做点吃的吧。"沐修歌果然是个小天使啊，转身就进了厨房。客厅里一下子就安静了下来，安静到我以为除了我和卡卡之外，没有其他人在。

但我知道，东方夜还在这里。

其实有很多问题想问他，又不知该从何问起。

吃过午饭，我拽着沐修歌带着卡卡出了家门，我实在不想和东方夜待在同一套公寓里。

"我带你去一个地方吧。"沐修歌看出我的心不在焉，他微笑着看着我，"你一定会喜欢。"

"好啊。"反正我也不知道去哪里。

沐修歌带着我上了出租车，说了一个地点之后，便不再说话，我揪着卡卡的耳朵，有些心不在焉。

半个小时后，出租车缓缓地停在了路边，沐修歌付了打车费，打开车门下了车，我跟着他下车，眼前是一望无垠的冰天雪地，看上去并没有什么特别的。

"走吧。"他递给我一只手，我迟疑了一下，将手放上去，他轻轻握住，然后拉着我的手缓缓地朝前走。

我没有问他我们这是要去哪里，反正沐修歌还在这里，我就一定不会走丢的。

走了大概十几分钟的样子，他终于停下了脚步，我抬起头看了一下四周的景色，心跳有那么一瞬间的停摆。

眼前是一眼望不到尽头的红梅花，琉璃世界白雪红梅，小时候在《红楼梦》里读到过这样的景致，却因为身在南国，见不到那成片成片的雪景。

就算是这段时间在乐城，我想找到一棵没有进入冬眠的植物都很困难，却没有想到，在这么个地方，会默默地生长着这样一片茂盛的红梅。

"你怎么知道这个地方的？"我侧过头看向沐修歌，"你曾经来过这座城市吗？"

沐修歌轻轻点了点头："是啊，学期末的时候，总是不知道做什么，待在家里，空荡荡的，太安静了。于是一到假期，就背上行囊满世界跑。之前说的住处，其实就在这附近，从窗户望出去，能看到接连不断的红梅花。"

"假期，不用回家的吗？"我不解地看着他，"你母亲，应该很想你吧。虽然很多年了，但是那时候，我将灵石送给你的时候，看得出来，你母亲很爱你。"

"嗯，她的确很爱我。"沐修歌低下头轻轻抿着唇，我从他的眼底读出了一丝落寞和忧伤，"而将我送离那片海洋，就是她爱我的方式。"

"什么意思？"我不太明白他的话。

"没什么。"他笑了笑，抬起手将粘在我发上的一片花瓣捏了下来，"走吧，红梅深处有家小店，里面的蛋糕做得很好吃。"

"嗯。"我应了一声，总觉得沐修歌的心里藏了一些事，也许是他眼底的那抹忧伤，我没有追问他，因为我不能确定自己的问题，会不会给他带来伤害。

怎样问出别人心底的故事而不让他感到难过，我还不知道。

走到沐修歌说的那家小店，我要了一份黑森林和一杯卡布奇诺，沐修歌只要了一杯热可可。

这里十分安静，像是时光将这个地方给遗忘了一样。

"沐修歌……"我叹了一口气，"我有个猜想，也许很荒唐，但是总觉得那个猜想，也许是真的。"

"什么猜想？"沐修歌搅动咖啡勺的手稍稍顿了顿，静静地看着我，一副静待我下文的模样。

"白月认识樱花，她也认识东方夜，领主喊他尘鸢，知道他留在东方家的身份是我的未婚夫。那么，他会不会根本不是人类，而是精灵呢？"这个猜想，是在那晚他推开我的房门，静静看了我一会儿，又离开的时候浮上心头的。

那晚迷迷糊糊的，他的背影和梦境里，坐在樱花树下的那个人的背影重合起来。

03

"七宝说，是黑衣人哥哥告诉他樱花树开花了，并且告诉他召唤樱花就可以解决所有问题。"我叹了口气，"我在想，或许从一开始到现在，我们在找的那个人，就是东方夜。"

"你怀疑，他就是给许小悠禁语的人？"沐修歌的眉心微微皱了皱眉，"可是他为什么要这么做，不管怎么样，他一直在照顾你，而且看得出来，他喜欢你。"

"他喜欢我？"我"扑哧"一声笑了出来，"沐修歌，这是21世纪最大的笑话，东方夜不喜欢我的。"

"没有骗你。"沐修歌静静地说，"他肯定是喜欢你的。"

"为什么这么笃定？"我仔细回想了一下，却想不出一点儿有关于东

方夜喜欢我的细节。我对他印象最深的时候，反而是小时候，那时候我刚刚离开外婆，印象里东方夜总是牵着我的手，总是待在我身边，无微不至地将我照顾得很好。

然而是什么时候开始的呢？

是什么时候开始，我对他怀抱那样大的敌意，我惊悚地发现，我竟然想不出来。好像记忆出现了一个断层，我一开始对他很依赖，接着不知道从什么时候起，一下子就很讨厌他。

或者与其说是讨厌他，倒不如说是不想和他同处一个屋檐下。

这之间……是不是曾经发生过什么事情？

脑袋蓦地一阵钝痛，像是被人拿锤子用力锤了一下，我用力抱住脑袋，额头上都冒出了冷汗。

“樱语？怎么了？”沐修歌紧紧抓着我的手，他的语气里充满关切。

“我没事。”我喘了一口气，抬起头来看着沐修歌，“就是，刚刚头忽然疼了一下。”

“小樱语？”卡卡跳上桌子，抬起毛茸茸肉乎乎的爪子碰了碰我的脑袋，“没关系吧？”

“就是头疼了一下，我没那么脆弱。”看着卡卡一脸担忧的样子，再看看沐修歌有些肃然的脸色，我扯了扯嘴角，勉强露出一个笑容。

“别笑了，你都不知道你的脸色白得像地上的雪。”都这个时候了，卡卡还不忘调侃我。

“我没事。”我这才意识到，或许我的脸色非常非常不好，就算我说没事，也无法让人放心，"很奇怪，我刚刚努力地想回忆一些事情，头就开始疼了。"

"回家休息一会儿吧。"沐修歌站起来绕到我身边，他意识到了什么，又说了一句，"如果不愿意回去，就去别的地方休息。"

"没事，回家吧。"我轻声说，"再不想见的人，也不能一辈子就这么逃避着，总要面对的。"

"樱语。"他低低唤了我一声。

"嗯？"我仰起头望着他，"怎么了？"

"我喜欢你。"他的唇边有一丝浅浅的笑意，琥珀色的眼睛里，藏匿着海水似的情愫。我的大脑一片空白，只有他唇边的微笑和那双深不见底的眼眸，我怀疑是不是自己听错了。

沐修歌说，我喜欢你。

是从什么时候开始的呢，其实我也感觉到了自己对沐修歌那份特别的心意，只是不敢确认，在他心里，我是怎样的存在，因为万一问了，他不喜欢我，那么我们之间会变得非常尴尬，有可能连住在一起都不可以了。

但是现在，在这片琉璃世界里，沐修歌亲口说出了他喜欢我。

"你没有听错，我喜欢你。"他在我耳边，呢喃耳语般地说，"所以，不要再迷茫，不管发生什么事情，我都在这里，哪里都不去。"

"嗯！"内心一点儿一点儿地变得坚定起来，我轻轻笑了笑，"哪里都不去，这可是你说的。"

"我说的，哪里都不去。"他低笑出声。

"可是真的没关系吗？"我看着他俊秀的脸庞，"你这么好，却喜欢什么都不会的我。"

"能让这么好的我喜欢，你不是更出色吗？"他拉着我的手，将我从椅子上拉起来，"我从不知道，你是这么不自信的家伙。"

"喂！我就是这么随口说说，你还当真了啊！"我嘴硬地辩驳道，"本姑娘这么好，怎么会没自信呢。"

"小修歌，你现在反悔还来得及。"卡卡跳上沐修歌的肩膀，蹲在那里舔着爪子。

"喂，到底谁是你的主人啊，信不信我不要你了。"我怒目瞪了卡卡一眼。

卡卡说："没关系，你不要本猫，小修歌一定要的。"

"我不许他要，他一定会听我的！"我哼了一声，"是吧，沐修歌？"

"他要是不要我，就会变成小人鱼的。"卡卡有恃无恐地说，"这样也没关系吗？"

我一下子卡壳儿了，这么久了，我都忘记了沐修歌需要卡卡在身边，才能保持人类的外表生活在人类世界。

"没关系，就算他变成小人鱼，我也会陪他住到海里去，大不了我在海边安家，哼，气死你！"我笑得十分灿烂，眼尾余光却扫到沐修歌一闪而逝的落寞神情。

虽然只是一瞬间的，但我确定我看到了。

这个表情，在之前他也曾露出过。

"不跟你胡说八道了，我们快回家吧，也不知道七宝和老奶奶怎么样了。"我转移了话题，没有继续和卡卡胡闹。

我开始在脑中回想，刚刚说的那些话里，有哪一句会让沐修歌在意呢？

可是我想了很久，也没想出个所以然，最终只能作罢，想着等到时机再好一点儿，我试着问问他，他心里是否藏着一些无法说出口的哀伤。

回到公寓楼，家里空荡荡的，东方夜并不在。我没来由地松了口气，虽然我说了那么大义凛然的话，但其实那只是纸老虎而已，一扎就破。

七宝是在我和沐修歌吃完晚饭，正准备出门溜达溜达消消食的时候，按响门铃的。

打开门，门外站着的不只是七宝，还有老奶奶。

老奶奶笑得很慈祥，就像我们第一次见到她的时候一样。

我将他们让进来，扶着老奶奶在沙发上坐下。

04

"七宝都告诉你了吗？"我递了一杯热牛奶给老奶奶，她笑呵呵地接过去，眼神像春水一样温和。

"嗯，七宝都说了。"老奶奶点点头说，"我决定和七宝一起搬走。"

"已经决定了吗？"看着坐在眼前的一老一小，内心变得非常非常柔软。如果小时候，我打死也不回东方家，那么我和外婆是不是就不会分开了呢？

就像七宝和老奶奶一样。

"嗯。"七宝脆生生地说，"我们决定好了。"

"打算什么时候出发？"沐修歌轻声问。

"我们打算今天晚上，趁着夜色走。"老奶奶说，"谢谢你们，我原本以为没有办法继续和小七宝一起生活了，我担心我不在了，他要怎么办呢，这孩子没有地方去，他只有我。"

"奶奶。"七宝窝进老奶奶的怀里，声音里带着浓浓的撒娇意味，"七宝也只要奶奶。"

"可是，永远离开家，也没有关系吗？"我迟疑着，还是问出了口，"七宝告诉你了吧，你们永远都没有办法回来了。"

"小娃娃，奶奶问你一个问题。"老奶奶笑呵呵地说，"你觉得什么是家，什么又是故乡？"

"当然是出生的地方是故乡，有家人的地方就是家了啊。"我理所当然地说。

"有亲人的地方就是家，那么只要有亲人在身边，无论是天堂还是地狱，哪里都是家。"老奶奶笃定地说。

我心里猛地一颤，脑中跟炸开了一朵烟花似的。

"有爱的地方才是家。没有小七宝，那么再好的地方，都不是家。"

老奶奶轻轻揉了揉七宝的头发，笑容里满是宠溺。

"我送你们一程吧。"沐修歌轻轻开口说，他脸上露出一抹奇异的表情，像是解脱了一般，又像是想清楚了一个一直困扰他的难题。

"好啊。"七宝非常高兴，"以后就见不到樱花姐姐还有帅帅的大哥哥了。"

"我会想你的。"我说。

"我也会想你的。"七宝扑过来抱了我一下。

我和沐修歌出了门，跟在七宝和老奶奶身后。他们的行李只是一只小小的箱子，一路上我们都没有说话，只有老奶奶和七宝偶尔凑在一起小声交谈几句，黑暗之中，那样的画面显得格外温馨。

或许的确是这样吧，和爱的人在一起，无论在哪里都会是一个温暖的家。

沐修歌轻轻握住了我的手，他的指尖有点凉，掌心里却很温暖，我回握住他的手，他低头给我一个温暖的微笑。

将七宝和老奶奶送到雪国的城门口，像是知道他们来了，高高的城门缓缓开启，白月从里面走了出来。

"好好照顾他们，拜托了。"我对白月说。

白月没有多话，只是轻轻点了下头。

"等一下！"七宝和老奶奶要进城门的一瞬间，东方夜的声音响了起来。

他急匆匆赶过来，稍稍有些喘，手里握着一根樱花树枝，他将树枝递

给老奶奶，他说："把它插在院子里，来年的春天，樱花树就会发芽长大了。"

"谢谢你。"老奶奶看着手中的樱花树枝，眼圈不知不觉红了，"让我将故乡也带在了身边。"

站在城墙外面，看着七宝扶着老奶奶走进城门里去，心里温暖与酸涩的感觉并存。

"走吧，我们也回家吧。"沐修歌说。

"嗯。"我点了点头，转过身，东方夜站在我的左前方，他一言不发地看着我和沐修歌紧紧握着的那只手，我很坦然地看着他，并不退缩。

"樱语。"在我往前走了几步之后，东方夜喊了我一声，"你不想知道我下午去了哪里吗？"

我停下脚步，回过头看着他的眼睛，问他："你是去寻找新的许愿者，告诉他那句禁语了吧。"

东方夜的身体僵了一下，错愕地看着我。

"好奇我怎么知道的？"我讥刺地笑了笑，"其实只是我的猜测而已，到现在为止，我也没有抓住什么证据能够证明那是你干的。"

"所以，你也可以否认。"我静静地看着他的眼睛，其实就在刚刚，他的表现已经出卖了他。

"你是什么时候开始怀疑我的？"他并没有为自己辩解，而是问了我这么一个问题。

我想了想，回答他："我不知道你相不相信梦境，我梦见过樱花，梦里边除了樱花之外，还有一个人的存在。那是个男精灵，穿着一件黑色的衣衫。那天七宝告诉我，是一个穿着黑衣服的大哥哥告诉他，枯萎了好多年的樱花树开花了，只要召唤樱花，樱花就一定会来帮助他的。"

"所以？"他轻声问。

"所以我在想，会不会这个黑衣人，和我梦境里出现的那个黑衣人是同一个人呢？后来我和七宝偷偷跑去精灵国，你和沐修歌追着我们到了这里。奇怪的是白月和领主都认识你，白月不止认识你，还认识樱花，那么有没有可能，你就是那个精灵呢？"我看着他的眼睛，重复着问了一声，"所以东方夜，可以告诉我吗？你是不是就是那个精灵？"

"如果我回答你，我就是那个精灵，会怎么样？"他反问我这么一句。

我想了想，轻轻摇了摇头："我不知道，我只是想知道，你为什么要做这种事，为什么明明知道那句禁语对我来说代表了什么，还要告诉别人，我想不到你这么做的动机，可是我能够怀疑的人，只有你一个。"

"难道你从来没有怀疑过沐修歌吗？"东方夜看了沐修歌一眼，"我与你相处的时间，比你认识他的时间要长了太多太多，为什么你可以这么相信他，却第一时间怀疑我呢？"

我怔住了，我下意识地看了沐修歌一眼，为什么从一开始到现在，我都没有想过去怀疑沐修歌？

"还有，你是不是忘记了一件事？"东方夜说着，语气渐渐变冷，"目前为止，你还是我的未婚妻，却在我面前堂而皇之地牵着别的男生的

手，你难道从来不会顾忌我的感受吗？"

"我从未想过要遵从那个可笑的婚约。"我毫不退缩地看着他，握着沐修歌的手更加用力了一些，"未来要和什么人在一起，这要由我自己来决定。"

"是吗？"他忽地笑了一下，"可是小樱语，你怎么可以忘记呢？你说过，你一定要快点长大，然后就能嫁给我了。"

"不可能！"我飞快地否认他的话，可是脑海中却浮现出一些陌生的画面，"那不可能！"

"哈哈，夜哥哥别闹樱语，樱语要生气了！"耳边似乎传来一个小女孩的声音，而眼前忽地飘下一片绯色樱花。

然而我再努力看了一眼，樱花不见了，只有一片白茫茫的积雪。

星星花在雪地里闪耀，而东方夜已经不知去向。

05

"走吧。"沐修歌温声说，"不要理会他，他只是不甘心吧。"

"我知道，我不会理他的。"这么说着，脑海中却有越来越多的陌生画面浮上来。我确定我的记忆中没有这些画面存在，那是什么？

"樱语，我想我必须告诉你一件事。"回家的路上，沐修歌对我说，"其实和七宝还有老奶奶一样，我也已经没有故乡了。"

我停住脚步，诧异地看着他："没有了故乡？那片海湾……"

"仍在那里，但是我永远也回不去那个地方了。"沐修歌的神色淡淡的，眼神里有一丝忧悒的色彩。

"怎么会这样？"我的思绪一下子被他拉了过去，这么长时间的相处，我的确是从未听他提起过家人，我想起他之前说过，学校放假了，就会背起背包去旅行，因为不想一个人待在家里。我当时有问他为什么不回家，他露出了那样寂寞的表情。

我什么没有注意到呢？

明明那时候他的眼神那样忧伤啊。

"这就是化身为人，活在人群里，必须付出的代价。"他轻声说，"其实我的身体里，有一半的人类血脉，我母亲是少数生来就能化作人类的人鱼，那年一艘渔船误入了那片海湾，却在中途遇到了海里的暗流，船只失事，母亲救了一个落水的少年。"

"那个少年不会……"不会就是沐修歌的父亲吧？

"你没有猜错，他就是我的父亲。父亲知道母亲是人鱼，他不在乎，想要带我母亲到人类社会生活，却遭遇了族人的阻拦。族人不许我母亲离开那片海湾，因为她是人鱼的族长，是永远都不能离开海底的。父亲只好自己一个人回去了，但不幸的是在回去的时候，遭遇了海难，就算母亲救过他一次，他仍然没能逃脱死在大海里的命运。"

"后来母亲就生下了我。因为我是人类的孩子，所以身为人鱼我很虚弱，但是我又不能化作人类，我的鱼尾不能变成双腿。我虚弱得厉害，如果母亲没有对樱花许愿，而你也没有送来那颗灵石，大概我早已经死在了

那片海洋里。"沐修歌无奈地说，"有了那颗灵石，我就能够变成人类的模样，在岸上生活。可是历来只要走进人类社会，人鱼就必须斩断过去，那里不再是故乡。"

"所以离开海洋，就等于是背叛了故乡吗？"我喃喃地说，我从未想到，原来对于人鱼来说，到人类中间生活，等于是对海洋的背弃。

"那么上次，你给苏乔汐找的那颗灵石，是从什么地方找到的？"我忽然想起来，那时候他消失了一个月去找灵石，既然无法再回到那里，那他是从哪里找到那颗石头的？

"海洋很大的，不去那里，还有很多地方可以去。"他轻声说。

心里蓦地一疼，他一个人在大海里，孤孤单单地找了一个月吗？我以为那对于他来说，是一件有点难度，但是绝对能做到的事情，却从未想过对于他来说，也许困难重重。

他明明是因为无法在大海中生存，所以才不得不背弃大海来到人类世界，却因为我一个任性的请求，什么都不说就返回去了。

"对不起，我不知道。"眼圈蓦地一红，水汽很快聚集起来，我张开双臂紧紧抱住他的腰，将自己的脸埋进他的怀里，"我不知道……我什么都不知道……"

"傻瓜，我没关系。"他轻轻拍了拍我的头，"老奶奶说得不错，有爱的人在身边，无论在哪里都是家。樱语，答应我，不管发生什么，都不要离开我，不要丢下我一个人。"

"我不会的。"我向他保证，"不会有那一天的，沐修歌，你等着我，等着我彻底逃离东方家，那样我们可以一起上学，将来一起工作，然后等到我们足够大，就结婚好吗？”

“好。”沐修歌抱着我，他的怀抱很温暖，他的心跳很稳，有种让人想要一直留在他身边的冲动。

“很快，很快就能够真正地脱离东方家了。”我拉出系着水晶花蕾的红线，晶莹剔透的水晶花蕾中，逃离东方家的时候，里面的水光只有一半，现在只差一点儿点儿就能填满整个花蕾了，“你看，或者再实现一个愿望，这只花蕾就会盛开了，到时候我可以许一个愿望，我会许愿获得真正的自由。”

“小樱语。”就在我和沐修歌说得很高兴的时候，蹲在沐修歌肩膀上，一直打盹到现在的卡卡忽然出了声，“你确定要将这么珍贵的愿望，浪费在这种可以再努力一下就能做到的事情上吗？你难道想让我一辈子都跟着你们？”

我愣了一下，随即反应过来卡卡说的是什么意思了。

我竟然忘记了！

“灵石！”我看着沐修歌，有些懊恼地说，“我竟然忘记了这么重要的事情。”

“所以说，小樱语，你这么蠢，将来可怎么办啊……”卡卡叹了口气，语重心长地说，“重要的是，我可不想二十四小时都跟在你们屁股后面。”

“还不是因为你吃了灵石，你还有脸说！”这个家伙的脸皮真的是太

厚了，它似乎忘记了，这件事的始作俑者是它！要不是它吃掉了沐修歌的灵石……但是如果它没有吃掉灵石，那么我和沐修歌，也不能走到这样的地步吧。

如果那天没有发生那件意外，我和沐修歌应该还井水不犯河水，也许只是有数面之缘的同校同学，我会因为东方家的追踪很快离开那座城市，有可能我们一辈子都不会再次遇见。

"不要在意这些细节。"卡卡昂首挺胸地说，"过去的事情就让他过去吧，让往事消失在风中吧，重要的是未来，嗯，本猫真是太有哲理了。"

虽然很想揍这家伙一顿，不过眼下重要的并不是这件事。

"灵石可以慢慢找的。"沐修歌这时候缓缓地说，"或许这个愿望，可以用在更好的事情上。"

"好吧，那就暂时留着这个愿望的机会吧。"我想了想说，"得再实现一个愿望，花蕾开花，这个愿望我才能真正握在手上。"

樱花开在樱花季 第九章

09

01

"你许愿想要一个小猪抱枕的，对吧？"我将一只大大的小猪抱枕递给一个小孩子，"现在，你的愿望实现了。"

"哇！"小孩子一把抱过抱枕，十分开心地对我说，"谢谢姐姐，姐姐真是太好了！"

我站在福利院的门口，看着那个小孩子抱着抱枕走进去，里面还有很多孤儿，他们都很羡慕地看着那个孩子。

最后一个愿望，我选择了这个孤儿院里的可怜孩子。

我不是完美主义者，我只是想让最后一个愿望，实现得更加纯粹一点儿。而这个世界上，没有什么比小孩子的愿望更纯粹了。

"那孩子长大了，也许不会记得你，但是一定会记得，自己许的心愿实现了。"沐修歌轻笑着说。

"是啊，所以永远不要失去许愿的能力，只要愿望足够纯粹，足够美好，那么一定会有那么一天，心想事成的。"我笑着转身，胸口忽地传来一阵温热的感觉，那温度越来越高，最后甚至有些烫人。

我连忙伸手摸了一把，手却触及吊在脖子上的那朵水晶花蕾。

我将花蕾拿出来，空空的花蕾已经被水光积满，那温度就是从这只水晶花蕾上传来的。

"沐修歌，快回家！"我心里浮上一个预感，花蕾很快就要盛开了。

然而不能在这里！

"好。"沐修歌当下将车子开了过来，这还是上次从汽车卖场开出来的车子，今天来的地方比较偏僻，所以沐修歌才会自己开车过来。

我上了车之后，沐修歌系好安全带，拧开钥匙踩下油门，车子就如离弦的箭一般飞了出去。

"对了，我一直奇怪，你似乎没有到法定开车的年龄吧，还有，你有驾照吗？"我猛然想起之前一直困扰着我的问题。

沐修歌笑了笑说："人鱼的成年年龄和人类是不一样的，对于人鱼来说，十六岁就成年了，驾照是我假期的时候考的，我的身份证上，年龄也已经成年了。"

"原来是这样！"我恍然大悟。

的确，人鱼的成年期和人类的成年期有差别，人类要满了18周岁才算成年人。

"一直没有问过你，你有找过你父亲的家人吗？"那天他将自己的事情告诉我，我一心只觉得抱歉，所以什么都没有去想，也什么都没有问。

"没有，我只知道他姓沐，我的姓就是跟的父亲的姓。"沐修歌缓缓地说，"而且母亲也不想我去找那些人，如果只是要在人类世界生活，那

么对于人鱼来说实在是一件简单的事情。深海里的宝藏无穷无尽，我离开海湾的时候，母亲给了我足够我生活几辈子都可能花不掉的钱。"

"哈哈，这么说来，我们都是不缺钱的人啊。"我感慨了一声。

东方家除了不给我自由，其他地方从来不会亏待我。我有一张怎么取都不会取空的银行卡，当然，我不会傻到离家出走还用那张卡，我只是趁着还在东方家的时候，偷偷地将那些钱转移到了其他的地方。

而后来从东方家逃出来，我无比庆幸自己的这个决定，没有钱，我估计我早就撑不下去了。

我们现在还在乐城，这座城市的雪景实在太美丽，我有点舍不得离开这里。正好东方夜不声不响地离开了这里，大概是被我戳穿了身份，没有办法继续留在这里了吧。

前几天，我才去乐城的一所学校办了入学手续，等到再过几天寒假结束，我们就可以直接在这里上学了。

车在车库里停下，我打开车门，乘着电梯上了楼，刚刚进入家门，我一直握在手里的水晶花蕾，就爆出一团耀眼的亮光。

我下意识地闭上眼睛，不过那光只是一瞬间而已，很快刺目的光芒不见了，取而代之的是泛着粉色的温和水光。

而那朵水晶花蕾，在我的掌心里，一点儿一点儿地开始绽放。

"水晶花，真的会盛开。"我盯着手里捧着的那只花蕾，虽然听说过会开花，但是亲眼看到它开花，还是很震惊的。

"真美。"沐修歌轻声喃喃道。

"是啊，真美。"晶莹剔透的花蕾慢慢地绽放成一朵美丽的樱花，浅粉色的流光包裹着整朵花。

就是这朵花，代表着一个愿望，一个无论什么样离谱荒唐的愿望，都能被实现。

我心里却隐隐有些不解，在东方家的时候，我替很多很多人完成愿望，那些愿望加起来成千上万，可是累积起来的恩泽，只聚集了半瓶的水光，而逃离东方家之后，我只是帮了许小悠和七宝，还有那个孤儿院的孩子，剩下的一半就被填满了。

三个愿望，不过三个愿望，就能填满半朵花蕾。

这是为什么？

想到这里，我的脑袋猛地一痛，像上次在红梅园中一样，仿佛一只锤敲中了脑袋，一阵撕心裂肺的钝痛，仿佛要将我的脑袋扯成两半。

"疼！"我松开手，双手用力抱着自己的脑袋。那朵开了的水晶樱花垂在我的胸前，粉色的光芒在我眼里开始变得刺眼，我下意识地闭上眼睛，然而就在我阖上眼帘的一瞬间，一片美丽的樱花花瓣，从虚无的漆黑中坠落。

那是我闭上眼睛之后的黑暗世界，是不应该存在光亮的世界。

却有樱花闪着浅粉色的光，点缀了那空荡荡的黑暗。

是樱花吗？

不，不是的。

在黑黢黢的，只有樱花飞舞的那个世界里，我看到了一个七八岁的小

女孩，那个小女孩有一头瀑布似的长发，整齐的刘海儿，乌溜溜的大眼睛，白皙的脸上有樱花花瓣般美好的唇。

那个小女孩，是我自己。

02

"樱语？樱语你怎么样了？"沐修歌焦急关切的声音听上去是那么遥远，我想睁开眼睛看看他，我想说我没事不用担心我。

可是我却一样都做不到。

我无法睁开眼睛，我的嗓子里也发不出哪怕一个简单的音节。

我像个局外人一样，只能看到那个黑暗的世界里，在天与地都不存在的黑暗中，飘着一场樱花雨。我站在那雨中，四周空荡荡的，那种寂寞让我有种想冲过去，用力抱紧我自己的冲动。

"樱语？"一个熟悉的声音，在这个空荡荡的世界里响起来。

这一刹那，黑暗的世界在眼前分崩离析，天与地都出现了。一碧如洗的天空下，铺了一层樱花的地面，一个少年，他穿着黑色的长裤，白色的衬衫，领口打着黑色的领结。鼻梁上架着一只细框眼镜，亚麻色的头发在阳光下显得很温暖。

"夜哥哥！"我看到自己十分雀跃地朝他扑过去，像是小鸟归巢一般，扑进他的怀里。

东方夜张开双臂，将我抱了起来，他灿笑着抱着我转了好几个圈，然后才将我放下来，他从口袋里翻出一只蓝宝石做成的发卡，"怎么样，喜欢吗？这次去寻找信物，正好看到这枚发卡，就买回来了。"

"只要是夜哥哥送的，我都喜欢。"我笑眯了眼睛，看上去是那么快乐。

我傻愣愣地看着，为什么我从来不记得我曾经也这么快乐地微笑过呢？为什么长大后的我，回想起过去，能够想到的都只是不快乐。

是的，不快乐，所以才会费尽心机地从东方家逃出来。

画面还在继续，东方夜紧紧牵着我的手，将我带着走进隐在樱花树林里的别墅里。这是什么地方？我的记忆里，并没有这栋别墅的存在。

难道说，我曾经在这个地方生活过吗？

这么想着，眼前的画面却遽然一黑，接着就什么也看不到了。

我心里十分焦急，如同一只被困在牢笼里的兔子一样，试图钻出笼子，却又无能为力。

好在眼前的黑暗没有持续很久。

先打破黑暗的，是一串急促的脚步声，跟着是喘息声，视线里出现了一双红色的系带小皮鞋，一排通向地下室的楼梯，楼梯似乎很长很长，怎么走都走不完的样子。

我心里忽然生出一种害怕的情绪，不想继续往下走，别继续走了，就在这里停下吧，不要继续走了。

然而我的声音传递不出去，视线里，我仍然顺着台阶往下走。

光线很暗，晃得我眼睛有些花。然后就在光线几乎快要消失不见的一

瞬间，眼前陡然亮了起来，那是很多晶莹剔透的夜光石发出的光，那光亮足够照亮那个三十多米的小房间。

以及房间里，站在一个长长的箱状物体边上的东方夜。

也许是我的脚步声太大，东方夜在一瞬间就看到了我，他的脸色变了变，眼神有些严厉："樱语，你怎么会到这里来？"

"你骗人！"我的声音听上去非常非常生气，"夜哥哥是大骗子，你骗人，你说你最喜欢樱语了，可是根本不喜欢樱语。"

"谁说的？夜哥哥最喜欢樱语了。"东方夜声音软了下来，他走到我面前，伸手揉了揉我的刘海儿，"走吧，樱语不是想吃夜哥哥亲手做的菜吗，夜哥哥现在就给你做好不好。"

"不好！"我用力推开东方夜，直接走到了那个箱状物的边上。

那其实是一口剔透的水晶棺，里面长眠着一个非常非常美丽的女人。

她有一头樱花色的长发，身上穿着白色的古代长衫，她的脸色仍旧很红润，看上去只是陷入了漫长的沉睡，随时都会醒来似的。

樱花！

在看到这个女人的一刹那，我就知道了这个女人是谁，原来在我那么小的时候，就已经见过樱花的样子了。

怪不得我会梦见她，怪不得我能梦见一个从未见过的人的模样！

"夜哥哥你是大骗子。"站在水晶棺边上的我，伤心地大哭起来，"夜哥哥你喜欢这个人，你不喜欢樱语，樱语再也不喜欢大哥哥了，再也不喜欢你了！"

"不是这样的。"东方夜有些手足无措,"樱语你误会了。"

"我才没有误会,我看到你偷偷来看她好多次了,你还对她说,将来一定会叫醒她的。"我一边哭一边说,"我全都知道了,我现在就去告诉爸爸,我要告诉大家你是骗子,你是坏人!"

"樱语!"东方夜一把抓住了想要逃跑的我,他用力抱着我,任凭我怎么踢打都不肯松手,"樱语不要这样,我不想伤害你的。"

"你是骗子你是骗子,你放开我!"我很愤怒,听到他的话,闹得更凶了,"我再也不相信你了,我长大了也不要当夜哥哥的新娘了,我不喜欢你了!"

东方夜的脸上变得苍白一片,他有些无措,像是第一次应付这样的情况:"别讨厌我好吗,不要讨厌我……"

"我不要!"我号啕大哭,哭得嗓子都哑了。

抱着我的东方夜,头发忽然开始变长,然后他的双耳变成了尖尖的精灵耳,他的样子,分明就是出现在我梦境里的那个精灵!

哈,我顿时有些啼笑皆非,原来过去的我,已经见过了樱花,而且还目睹了东方夜变成精灵的全过程!

"樱语,睡吧。"他凑近我的耳边,蛊惑一般地对我说,"睡吧,睡着了之后,你就不会再记得今天发生的所有事情。对不起,我只是不想伤害你,我会将有关于樱花的记忆全部封存在你的水晶花蕾中,如果这辈子,花蕾能够盛开,那么你就能取回这段记忆,如果开不了……那么就忘记吧,永远也不要想起来。"

"樱语，夜哥哥不希望你难过。"他说完，伸出修长白皙的手指，轻轻点在了我的额头上。

一道粹白的光从我的头顶浮出来，最后变成一个光团，藏进了我脖子上戴着的水晶花蕾中。

东方夜很快恢复了人类的样子，他拦腰将小小的我抱起来，似乎回头看了一眼，然后转过身，踩着台阶，一步一步地往上走。

推开最上面的门，一阵风卷着樱花扑面而来，阳光温暖柔和，好像刚刚什么都没有发生一样。

03

沐修歌告诉我，我足足睡了三天三夜才醒过来。

醒来后只觉得肚子咕噜噜地叫，三天没吃东西，我饿得厉害。

"慢点吃。"沐修歌伸手，将粘在我脸上的饭粒拿掉，"小心吃这么急会噎着。"

"她是饿死鬼投胎！"卡卡坐在我身边，它挨着我坐着，浑身的毛软乎乎的，"我说小樱语，咱能别再忽然就睡过去吗？本猫还以为再也见不到你了呢。"

"喂，有你这么诅咒自己主人的吗？"我瞪了它一眼，"我才没那么脆弱好吗？"

"那你怎么会睡了那么久？我都想好了，你要再醒不来，我就挠你痒！"卡卡哼了一声。

这家伙，明明就很担心我，却死鸭子嘴硬，关心的话都要说得这么别扭。

真是一只别扭的猫。

不过这只猫好像一直都很别扭吧。

"我就是做了一个加长版的梦而已。"我喝掉了最后一口汤，这才心满意足地擦了擦嘴巴，"卡卡，我有件事情想问你。"

"什么事儿？"卡卡一副爱理不理人地样子。

"你记不记得，我们在那个山里别墅之前，曾经在一处种了很多樱花的别墅里住过？"卡卡是我从外婆那边带去东方家的，那个时候它应该就在我的身边，如果在的话，没有道理不记得那段过去。

"开着樱花的地方啊。"卡卡想了想说，"外婆住的地方不就开了很多吗？"

"不是那里。"我仔细回忆了一下梦里见到的那些画面，"很多樱花树，那个别墅有个地下室，通往地下室的台阶很长很长。"

"哦，你说的是在花城的那个家啊。"卡卡很快想了起来，"是住过几年，不过我不喜欢那里，怎么了？"

"我想，我有必要再去一次那个地方。"我转身对着沐修歌说，"你愿意陪我去一趟吗？"

"好。"他点点头，微笑着说。

"你怎么不问一问，我为什么要去那个地方？"我睨了他一眼，"你

就不怕我把你卖了吗？"

"你舍不得的。"他的声音很温柔。

我想了想，还是决定告诉他："沐修歌，其实我和东方夜之间，还发生过别的事情，只是那些记忆被封存在这朵水晶花里，只要水晶花盛开，我就能找回我的记忆。你……不好奇那些遗忘的记忆里，我和东方夜发生过什么吗？"

沐修歌轻笑着摇摇头："我说过，过去的事情我从不关心，因为那是无法改变的客观事实。与其纠结于无法更改的过去，我更愿意抓住能够被改变的未来。"

"话是这么说没错……"我忽然有种小小的挫败感，这家伙！东方夜怎么说，都是我的未婚夫啊，他难道一点儿危机感都没有吗？

"重要的是，我相信自己。"他说，"我相信无论怎样，最后留在你身边的人，一定是我。"

小小的挫败感顿时烟消云散，我眉开眼笑地说："这还差不多。"

"不过，如果不是重要的事情，能不能不要回去？"沐修歌抓住我的手。

"不是不在意的吗？"我忍不住笑了出来。

"话是这样没错，可是我还是会吃醋的嘛，毕竟他还是你未婚夫呢。"他凑在我耳边低声说。

"这是必须去面对的事情。"我反手握住他的手，"沐修歌，我不想逃避，也不能逃避，我想好好地详细了解这件事情。"

"嗯，我陪你回去。"他点头说。

"又要被装进宠物笼子里了吗？"卡卡一脸不情愿的表情，"本猫真不想再被关进去，不能随便走真是太糟糕了。"

"你的意见忽略不计。"我捏了捏卡卡的鼻子。

将必须要带的衣服，装在一个小小的行李箱子里，我和沐修歌带着卡卡，登上去往花城的飞机，乐城和花城距离不短，飞机需要飞行两小时。

我在飞机上睡了一觉，醒来的时候，脑袋搁在沐修歌的肩膀上，他一动不动地保持着最初的姿势，估计是怕吵醒我。

下了飞机，我们先在离别墅最近的酒店要了两间客房，将行李丢进去，稍作休息，就乘了出租车朝别墅驶去了。

这时节正好是南方的樱花季，花瓣满街飞舞，到处都是来看樱花的游客。

那栋别墅还在原来的地方，藏在那片樱花林里。这里是私人地盘，樱花开得沸沸扬扬也没有人来打扰。

"需要我陪你进去吗，还是在外面等你？"沐修歌在别墅外面停下脚步。

我抓住他的手，很坚定地说："我想你在我身边。"

"好。"他点点头，没有多说什么，跟着我往前走去。

推开别墅的门，仿佛打开了一扇禁忌的记忆之窗。在这里生活过的痕迹，随处可见。那时候我应该才八九岁大小吧，和东方夜已经相处了四五年的我，完全接纳了他的存在。明明才离开外婆的时候，对东方夜是有些

防备的。

是那种想要依赖，却又不得不防备的感觉。

那么久的相处，我已经完全相信了东方夜，却没有想到，在我最相信他，最依赖他的时候，发现了藏在这栋别墅地下室的秘密。

这对于一个八九岁的孩子来说，是何其的残忍呢？离开外婆，东方夜是唯一能够依赖的人，可最后却发现一切都是骗人的，依赖不存在，就像是信仰坍塌了一样。

我下意识地放轻了脚步，缓缓地走进了这栋被我遗忘在了记忆深处的别墅。

东方夜会在这里吧，因为除了这里，没有什么地方是他能去的了。精灵都是念旧的，他们轻易不会放弃自己最初喜欢的人，也不会忘记自己最初的愿望。

04

我是在二楼的天台上找到东方夜的，他躺在地上晒太阳，纯白色的皮肤在阳光下，好像是透明的一样。

他穿着白色的衬衫，黑色的长裤，领口的第一粒扣子没有系上，看上去只是一个俊美的，文静的人类少年。

而他的身边，还躺着一个人。

那个人是仍在沉睡的樱花，她闭着眼睛，长长的眼睫被日光照出扇形的阴影，只是她的心口没有起伏，也没有呼吸。

"东方夜。"我轻轻喊了他一声。

这声呼喊，像是白雪公主吻醒了昏睡的王子，东方夜缓缓地睁开了眼睛，他近乎透明的琉璃眼中，溢满浅浅的粉色。

那是满林樱花倒映在他眼底的色彩。

"你想起来了吗？"他的声音很安静，有一种筋疲力尽的无力感。

"是啊，想起来了。"我走过去跪坐在地上，俯身，第一次如此近地看着樱花的脸，"真好笑，你让我忘记了那些事情，我却仍然记得，你有喜欢的人，你是不可能喜欢我的。"

"是啊，我也以为，我是绝对不可能喜欢你的。"东方夜自嘲地笑了，"真可笑对不对，当我把你从我身边推开之后，我却发现我好像开始有点喜欢你。"

"你不是喜欢我。"我轻轻摇了摇头，"你只是太寂寞了吧。"

他的身体颤抖了一下。

"东方夜，你接近我，是为了这个吧？"我从衣服里掏出那朵已经盛开了的水晶花，"直到花开的时候我才明白，你将我引到许小悠和七宝面前，只是为了让我完成他们的心愿，然后那些恩泽就会累积在这个水晶花里。"

"现在，可以告诉我了吗？你想用这朵水晶花做什么？"我盯着他的眼睛，不想错过他任何一个眼神。

"唤醒樱花。"他淡淡地说，"你已经猜到了吧，我只是想唤醒樱花。"

"樱花已经沉睡了这么多年，为什么到现在才想唤醒她？"我不明白，这是我怎么想也想不通的事情。一千多年的时间，就算是东方家出现的还愿师再少，也不会一个也没有，只要有还愿师，那么水晶花蕾就能开花，他应该有机会能够唤醒樱花的。

"因为我做不到。"他无奈地说，"那些还愿师最终，都不肯将愿望送给我。"

"为什么？"我问。

他沉默了一会儿，说："樱语，你知道东方家的女孩子，为什么能够和花草交流，为什么能够倾听愿望，为什么会成为还愿师吗？"

"难道不是因为樱花的缘故吗？"我茫然地说。

他低低笑了笑说："不是这样的，能够和花草交流，是继承了樱花血脉的缘故，但倾听愿望和还愿师，却是我赋予的。"

不得不说，他的话让我感到震惊了。

"你知道，樱花为什么能嫁给人类吗？"东方夜惨然一笑，"因为她动用了人类的愿望，她占用了一部分美好的愿望，用那些愿望的力量让自己拥有了短暂的幸福。但是精灵是不能和人类结合的，偷来的幸福太过短暂，她在生下东方家的孩子之后，没过多久就陷入了漫长的沉睡。"

"所谓的还愿师，不过是将偷来的那部分愿望，还给许愿人而已。"东方夜风轻云淡地说出了十分不得了的事情！

我原本以为还愿师是在帮助别人，被帮助的那些人，都要对还愿师心怀感激。

然而到现在，我才明白"还愿师"这三个字真正的意义。

还愿师并不是恩赐者，还愿师只是在还债，代替樱花还欠下的债。

"这颗水晶花累积的那些恩泽，只是当年许愿人的原谅与释怀。"他说，"樱花沉睡后，我就一直留在东方家，只不过我只在东方家出现"还愿师"的时候才出现。我本想等到水晶花开了，就夺取愿望唤醒樱花，却没有想到，那些还愿师，最终都爱上了我。"

这真是让人吃惊的真相。

"因为爱所以憎恨，她们恨我，怨我，怪我欺骗了她们。所以她们最后都将愿望留给自己，她们许愿忘记我，永远忘记我。"他呵呵笑出声来，"很可笑对不对？"

"可是我并没有爱上你。"我辩驳说，"不是所有还愿师都会爱上你的。"

"对，可是，我宁愿你不是那个例外！"说到这里，他忽然激动起来，"是为了惩罚我，欺骗了那么多的还愿师吗？以至于最后我喜欢的，全都不喜欢我。樱花是这样，樱语，你也是这样。"

"都是你的错！"他说完这句话，将目光投向一直站在不远处，默默围观的沐修歌身上，"如果你没有出现就好了，是你抢走了樱语，明明我陪伴她的时间最长，明明一直都是我，为什么最后她选择的人会是你？"

"因为喜欢不是由时间长短决定的。"沐修歌轻声说，"再长久的陪伴，她若不爱你，那就没有一点儿意义。为什么不放过樱花呢？如果你肯放弃她，也许现在陪伴在樱语身边的人就是你。同样的，如果你不肯放弃

227

樱语，你就会错过你将来会爱上的那个人。"

我解下挂在脖子上的那朵水晶花蕾，将它递给东方夜："虽然我很想用这个愿望让自己脱离东方家，或者是让沐修歌成为真正的人类，但是这两件事，我们都可以通过别的办法去实现。所以东方夜，我将这个愿望送给你，唤醒樱花，或者是做别的，都随便你。"

"为什么？"东方夜有些意外，不解地看着我，"为什么你会做出这样的选择？"

明明那些爱上他的还愿师，都不肯把愿望送给他，而我不喜欢他，却会将愿望双手奉上，我知道，困扰他的是这个问题。

"因为你比我需要它。"我抓住他的手，将水晶花蕾放进他的掌心里，"结束了，东方夜，以后不要再将自己困在东方家，不要再让自己活在过去了。"

"樱语。"他轻轻唤了我一声，"如果我没有封存你的记忆，那么现在的你，有可能喜欢我吗？"

"过去了的事情无法更改，我不知道如果没有发生那件事，现在的我会不会喜欢你，但是我告诉你，曾经的我，也曾依赖过你，像相信信仰一样相信过你。"

我轻轻触了触樱花的脸庞，然后站起来，慢慢地走到沐修歌身边，他主动牵住了我的手，什么都没有说，却让我安心极了。

"东方夜，再见了。"离开天台的时候，我稍稍驻足，对仍旧躺在地上的东方夜说。

05

从别墅出来，卡卡趴在樱花树上睡觉，真是一只懒猫。

"回家了，卡卡。"我喊了它一声。

"打扰本猫晒太阳，本猫饿了。"卡卡嘀咕着跳到我的怀里，我抱住这只胖胖的大笨猫，跟沐修歌一起拐上了大路。

继续走了一会儿，我忍不住回头看了一眼，身后的樱花安静地开，风拂过枝头，花瓣无声地飘落，也不知树下是否藏着一个美丽的樱花梦。

我想我大概是不会再见到东方夜了吧，因为今天来见他，就是抱着与他好好道别的觉悟来的。

回到乐城，天气就开始渐渐暖和了起来。

冰冻了一整个冬天的冰雪世界开始融化，绿色的灌木丛自白雪中探出头来。

北国的春天来得比南方晚，然而不管多晚，终究是穿破严寒姗姗来迟。

新生报到那天，我和沐修歌两个人带着一只猫，就这么堂而皇之地走到学校的主干道上，吸引了很多女生的围观。

有些女生是来看卡卡的，有些女生是来看沐修歌的。

看吧，人鱼就是有魅惑人心的能力，大概在那些女生的眼睛里，沐修歌是会闪闪发光的。这让我心里超级不是滋味，我果然还是应该许愿让沐

修歌成为真正的人类的吧！

那样的话，他就不会像花儿一样，吸引这么多的蜜蜂蝴蝶了……

"怎么了，不高兴啊？"沐修歌瞥了我一眼，"还是说，某人在吃醋？"

"哼，本小姐才没有吃醋。"我当然是不可能承认这一点的，"本小姐只是觉得好累，走不动了！"

沐修歌的脚步停了下来，他稍稍弯腰："上来吧。"

我立即眉开眼笑地跳上了他的后背，感觉到那些女生想杀了我的目光，我的心情就好得不得了。啧啧，校园最帅男生背我走路，这么风光的事情，我怎么能错过呢。

放学之后，还是沐修歌做晚饭，我抱着信箱里的一堆广告页走进来，在那堆废纸中寻找有用的信件时，我却意外地看到了一封没有署名的空白信封。

这让我有些好奇，尤其是信封摸上去鼓鼓的。

我打开信封，从里面倒出一样东西，那是被一个小手帕包着的东西，手帕上绣着一朵美丽的樱花，那樱花绣得特别精致，乍然一看，仿佛是真正的樱花一样。

这场景有些似曾相识，仿佛是多年之前，我走进那片安静的樱花林，在樱花的尽头，将手帕包着的灵石交给沐修歌的母亲。

真是奇迹，那颗灵石将沐修歌带到我身边，算起来，还是我和沐修歌的大媒人呢。

我慢慢地打开手帕，当包在手帕里的东西呈现在我眼前时，我整个人都愣住了。

"怎么了？"沐修歌端着晚饭出来，看我僵硬地坐在那里便问了一声。

"这个。"我将信封里的东西拿在手里给他看，我看到他跟我一同愣住了。

因为那不是别的东西，正是那朵水晶花蕾，那一次许愿的机会应该被用掉了，因为盛开的水晶樱花又回到了花蕾的状态。

我赶紧翻出被我丢进垃圾桶的信封，将信封整个打开，这才发现信封的里面是有写字的。

收到这封信，我应该已经抵达雪国了，我带着樱花回到了精灵国，不过那个愿望，我并没有用来唤醒樱花。至于我到底许了什么样的愿望，你能猜得到吗？

猜不到，就让这个愿望永远成为秘密吧。写信给你，只是想告诉你，当年给人鱼的那块灵石，是从一座名为薇恩的海岛上采的，那里应该还有那样的灵石。

东方夜

看完了这封信，我一时间说不出话来，好久好久，直到觉得眼睛有些酸涩的时候，才忍不住爆发出来："东方夜这个讨厌的家伙，话故意说一半，是想让我以后都睡不着觉吗？他到底许了什么愿望啊！"

"不要管那个愿望是什么，只要他想通了，以后就有机会重新获得幸

福。"沐修歌走过来轻轻揽住我的肩膀，柔声说，"等暑假到了，我们一起去薇恩岛上度假吧。"

"好的。这样以后就不用时时刻刻受制于卡卡那只猫了。"我笑着点点头，视线转向窗外，春光正好，风儿轻轻摇晃着树叶，属于我们的美好生活，才刚刚开始。

《享受那一片柔软时光》
读者旅行日记
二

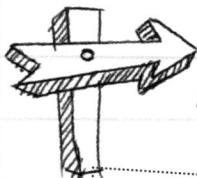

享受那一片柔软时光

第一站·昆明
身体和灵魂，总有一个在路上

Holiday

　　三月中旬，我在家中看完了文慧写的《享受那一片柔软时光》。这是一本新书，淡淡茶香，图文并茂，旅途中的高清美景照片加上作者旖旎诗意的文字，让我有了一种愉悦的冲动，想去旅行的欲望忽然变得强烈，于是匆匆请假离开了长沙。

　　到达春城的时候是早晨。我拖着行李箱疲惫地走出机场，阳光不期而至，高原清冽的空气让人精神一振，我不由得深呼吸。喊了一辆出租车，在酒店稍事休息，下午便迫不及待地赶往圆通寺。

　　圆通寺是一座拥有1200年历史的古寺。恰逢三月，寺内水榭回廊，繁花盛开，叫人疑心误入江南水乡园林。我沿着中轴线前往圆通宝殿，对着高大的佛像虔诚地拜了拜，便在寺内闲逛起来。

　　这个时候一种平静悄然占满了我的心。

　　寺内游人如织，每个人的脸上都带着欣喜的笑容，孩童的嬉闹也交错起伏。我的脚步不由得慢了下来。这种热闹和往日的喧嚣不同，阳光、美景、游客，让脑子里绷紧的弦无比松弛。

　　我的身体不知不觉轻快起来，灵魂与自由拥抱，奔波了一路

的心，此刻终于得以休憩。

我想起文慧在书中所说，"身体和灵魂，总有一个在路上"，偶尔来一场说走就走的旅行，总会邂逅生命的惊喜，真是太对了。

××

第二站·大理
爱自己是终身浪漫的开始

在昆明休整一天，我带着简单的行囊和这本散发着油墨香的《享受那一片柔软时光》，来到了秀丽古雅的大理古城。

古城有着浓郁的南诏特色，我兴高采烈地一路吃过去，雕梅、凉鸡米线、大理砂锅鱼……丰富的美食叫人乐不思蜀，一天一夜时间，我的"吃货"本能得到大大的满足。

第二天我就精神饱满地乘车去洱海。

没有什么能形容那一刻的震撼，当那片湛蓝的湖水由车窗映入眼帘，我的心就狂跳起来，仿佛一段恋情开始了。

我想每个人心里都有这样一块地方，它澄澈见底，它宁静辽远，它不容于世俗……洱海就是这样的地方。

美丽的湖泊比大海还叫人着迷，在这样的地方看到这样一片湖水，不禁让人有种柳暗花明的惊喜，它仿佛就是上天给所有过客的恩赐之地。

租了一辆自行车绕湖转了几圈，本来想看一眼就走，结果在这里住了一夜。直到离开，心头仍有不舍，相机"咔嚓"一响，带走一片湖光，留下深深的留恋。

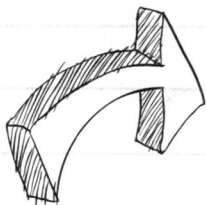

第三站・丽江
世间所有的相遇都是久别重逢

　　最后一站是丽江，这座最适合艳遇的古城。

　　晚上的丽江古城如同秦楼楚馆中色艺双绝的头牌。火树银花中，酒吧一条街热闹火辣，大有醉生梦死、不知今夕之意，哪怕最冷漠的人到了这里，都会被如火的氛围感染。

　　这里适合热闹，同样也包容安静。

　　走在清凉的青石板路上，曲径寻幽，慢慢地就远离了喧嚣。

　　在灯火的指引下，可以顺着蜿蜒的石路向上，走到坡高处的屋楼俯瞰夜景，也可以让石路将你带进某条僻静的巷子，然后你会惊喜地发现，那看似生意冷清的小店，食物竟意外的美味。

　　我曾经听过一句话，💗说丽江是艺术家的天堂。据说国内外许多艺术家都曾在此流连，甚至一住就是数月数年。来这里之前我感到奇怪，到了这里之后就觉得理所当然，没有什么比"钟灵毓秀"更能用来形容丽江的。

　　恰如文慧在《享受那一片柔软时光》中所言，这世间所有的相遇都是久别重逢。旅行，是一个美好的词汇，让一切相遇都有了浪漫的契机，当时机来临，我们只需放松身心，享受那一片柔软时光。

　　　　　　——读者梧桐写于阅读文慧所著
《享受那一片柔软时光》

小竹马

要不要爱他的……小青梅

深夜讨论组中，"嘀嘀嘀"的声音四起！
一切源于西小洛抛出了一个亘古而
弥新的话题！那就是——

【Shylo小洛】：喂喂喂，你们说，我也来写写青梅绕竹马这个烂大街的题材怎么样？我一定能写出不一样的感觉！全文的主线可以是这样：一对青梅竹马在经历离散、奔波、误解、挫折之后，再次遇见，发现两人都已脱胎换骨地成长了，然后带着青春的伤痕相互取暖……

【奈奈】：哈哈哈，你看我之前写的短篇就知道嘛，我一直认为，这个世上，总有一个竹马不爱青梅，干吗非得让他们最后在一起？最后不在一起才打动人嘛！

【希雅】：奈奈姐，你这个"后妈"！小竹马怎么能不爱他的小青梅呢？我今天就开始写一个每个竹马必须爱着他的小青梅的故事！哼！

于是，希雅一怒之下新建文档，"啪啪啪"敲出了这样的人物设定……

书名：《紫阳花开少年时》

女主角叶暖——阳光开朗的女生，静如处子，动若疯兔，性格直爽，头脑简单。
男主角许陌——温柔沉默、内敛沉稳的男生，与叶暖是青梅竹马。
男二号程瑞——一对青梅竹马初中时的死党，三人号称坚不可摧"铜墙铁壁三人组"。

看希雅的动作如此之快，可怜的小洛只好默默关掉了自己的新建文档……

希雅之前都那么温吞，这次居然说做就做，而且，完稿后还自己配了手绘的场景图！

天啊，希雅这是开外挂了吗？

居然还有这项技能！画得还像模像样的呢！

你好，我是许陌！

你，你好，我是叶暖！

【亲妈希雅场景介绍：6岁那年，一个小小的少年自一大片或蓝或粉的紫阳花中走来，仿若从天而降的小天使。自此，那美丽繁复的花团便深深住进了少女的心中！】

【亲妈希雅场景介绍：倾盆而来的暴雨中，逃课跑去护花的少女偶遇了用自己的校服给绣球花盆栽挡雨的白皙少年。俨然伯牙与子期的相遇，爱花惜花的少女终于找到了知音。】

【亲妈希雅场景介绍：当小竹马弃小青梅而去，小青梅才突然意识到，长久以来的习惯和依赖是什么。】

【亲妈希雅结语】

也许相遇的那一秒就已经注定，瞬间即永恒，兜兜转转，就算倾尽力气去寻找，这辈子，相伴终老的，除了身边的你，不会再是别人。

【小编偷注：大家喜不喜欢希雅这套手绘图？做成明信片送给大家可好？最后还送上超大福利，只能帮你们到这里了！】

西小洛QQ号：【Shylo小洛】3231752803
奈奈QQ号：【奈奈】1335194711
希雅QQ号：【希雅】242475362

少年美颜秀

"异兽美食" 系列之
绝世小鲜肉EXO版

一本《山海经》，封印了四只强大的上古异兽——
只有注定的女生，才能让它们解封苏醒！

少年饕餮，火爆毕方，腹黑九尾狐，优雅谛听……

甜心文学掌门人巧乐吱创造史上最强
"吃货+厨师+美食评论家+专属点心师"
妖怪美食团！

本年度最强浪漫魔幻校园大作，异兽美食华丽来袭，从《山海经》里出来的他们究竟有什么超能力？

超级好吃的饕餮、表现完美的圣兽谛听、挑剔刻薄的九尾狐和脾气火爆的毕方，他们究竟是什么样的生物？

让我们看看他们跟同样拥有"超能力"的EXO成员有哪些相同吧！

PART·1:
饕餮——白雪

白雪属于饕餮，是传说中龙生下的第五子，地位高贵。在我们人类社会里，他是黑发白肤的美少年，看上去很呆也很可爱，其实很聪明。非常爱吃的大胃王，基本上一直在吃东西，但是对吃的东西要求很高，觉得特定人物的情绪才是最高美味。所以，白雪是以情绪为最好食物的美食妖怪。

对比成员： 金珉锡 [XIUMIN]

XIUMIN的外号是"包子"，因为脸上肉嘟嘟的像包子一样。跟我们的饕餮白雪一样，XIUMIN很具有欺骗性哦，别看他外表这么单纯可爱，实际上是所有成员中年纪最大的。XIUMIN跟白雪一样也有好胃口，这个被粉丝戏称为"吃货妖精"的少年，对"韩牛"的热爱非比寻常，这也跟我们的白雪一样，对高品质的食物最感兴趣！温柔的"包子"还会做咖啡，梦想是开属于自己的咖啡店。这么好喝的咖啡，白雪也会去尝尝的。饕餮白雪跟我们的"包子"有很多相似的地方，喜欢"包子"的话也不能错过饕餮白雪哦！

PART·2:
九尾狐——九黎

传说中的九尾狐是青丘山上的霸主，身后长了九条尾巴。在人类社会里的九尾狐九黎，实际上是个喜欢甜食的冷面人。特点是说话刻薄，属于有仇我当场就报的那种类型。刻薄的九黎却拥有最顶尖味觉和惊人准确的评判力，经常接受世界各地的高级大厨和高级餐厅的邀请去品尝美食，是以点评食物为生的人。

对比成员：金钟大 [CHEN]

CHEN在出道前是以唱歌比赛第一名的成绩进入公司当练习生的，出道后还单独演唱过大热电视剧《没关系，是爱情啊》的插曲，他的唱功一直受到广泛的赞扬，这也跟九黎的美食评判能力一样，得到了大众的肯定。

但CHEN也是公认的"补刀王"，属于说话刻薄的类型。这也跟九黎一样，拥有出众的能力，可惜非常说话刻薄，有时候是对队友，有时候是对粉丝，这也成为他独特的魅力。

九黎跟CHEN一样，也拥有神奇的能力加说话刻薄的魅力，你接受得了吗？

PART·3:
毕方——毕芳

传说是像鸟的老父神，常常衔着火到人类家里制造火灾。因为只要有他出现的地方就有火灾的传言，被称为凶兽，历来被人讨厌。在人类社会里，毕方其实是非常具有男子气概的帅气男生，看似性格爆烈、喜欢皱眉，实际上很温柔，是一个喜欢做菜的厨师。

对比成员——金钟仁 [KAI]

KAI是组合中的舞蹈"担当"，爱跳舞的他曾经没日没夜地泡在练习室里跳舞，让其他人都大呼受不了。正是他这种对舞蹈的"如火热情"，让他的舞蹈能力倍受肯定。这也跟毕芳一样——把自己"火"的属性注入到做菜的热情里，成为了一名优秀的厨师。有这么专注热情的人当朋友，你hold得住吗？

PART·4:
谛听——狄亭

传说中的谛听是地藏菩萨经案下伏着的通灵神兽，具有保护主人、驱邪避恶、明辨是非之神威，总之就是地位很高、能力很强的神兽。我们的谛听在人类社会里是非常温柔的点心师，是一位拥有银色长发的美少年。而且谛听因为本身能力很强，在佛前见识也很多，基本上可以说，就是常人只能膜拜的"学神"类型。在谛听面前别乱说话哦，因为他能听见你心里的声音。

对比成员：金俊绵 [SUHO]

身为EXO的队长，管理一个这么多人的队伍，SUHO的能力已经被承认了。不但如此，SUHO学生时代的成绩很好，当过班长和学生会副主席，属于"别人家小孩"的范畴。在全队投票中，公认队长的性格是模范的、有礼貌、细心周到、温柔。这些都跟我们的圣兽谛听一样，属于完美系。如果有个这样的男朋友，你会有压力吗？

敬请锁定巧乐吱2015年重磅大作——
"异兽美食"系列！

第一部《上古萌神在我家》，看无敌大胃王、妖怪美少年白雪如何"吃"心不改、一"吃"定情！

"异兽美食"系列之《上古萌神在我家》内容抢鲜看：

"吾乃白雪君是也！"

泰央在整理收藏家爷爷的遗物时，从一张奇怪的古书帛页里蹦出了一个名为白雪的上古妖怪。

这个妖怪是个皮肤非常白皙的美少年，但同时也是一个食量可怕的"吃货"！

他能吃掉任何东西，无论是食物还是……人的喜、怒、哀、乐。

而可悲的是，对于这个妖怪来说，泰央的喜、怒、哀、乐是一种比高级点心还高级的无上美味！

所以——

"你要多笑哦，你现在的心情就好像白奶油一样甜呢！"

"哭吧！你的眼泪就像最高级的松露，味道真是太棒啦！"

更可怕的是，这个家伙好像还有一些奇怪的同党：温柔得让人想哭的花美男点心师，脾气火爆的酷男主厨，还有一个刻薄冷酷的美食评论家……

这些奇怪的家伙让泰央循规蹈矩的人生陷入了彻底的混乱！

是死心塌地沦为妖怪少年白雪的"情绪点心"提供者，还是找个高人来驱妖？

神啊，请告诉她到底该怎么办吧！

后来我们还剩下什么

WHAT DO WE

LEFT

AT LAST

当当当，现在是游戏时间！
这是一个由自己掌控的游戏！

比如小编的生日是6月3日，所以匹配出来的是"默默守护的剧作家"……其实小编想要"强大腹黑的剧作家"啊！

（我才不会说游戏里的属性都是从西小洛新书里提炼出来的……）

所以，小伙伴们还等什么呢？
快来看看自己的生日能匹配出怎样的主角属性吧！

出生月份		出生日期	
1至2月	为爱前行的	1至6日	剧作家（代表人物 苏了了）
3至4月	强大腹黑的	7至11日	杂志主编（代表人物 林子峥）
5至6月	默默守护的	12至15日	集团接班人（代表人物 蒋臣）
7至8月	充满梦想的	16至19日	美好少年（代表人物 何夕）
9至10月	追求自由的	20至23日	富家女（代表人物 唐晓言）
11月	努力生活的	24至27日	职场白领（代表人物 蓝图）
12月	渴望温暖的	28至31日	淡定美女（代表人物 白静苒）

是不是想知道自己拥有的主角属性

和 西小洛 笔下的哪个人一样？

那就万万不能错过西小洛的半自传体青春成长故事：

《后来我们还剩下什么》

有时候，无论你多大，都会像个蹒跚学步的小孩，

跌跌撞撞的。摔倒了，会痛。

幸好，身边总有那么一些人陪着你，陪你哭，陪你笑，陪你丢掉过去、拾起未来。

所以，青春不言伤，
梦想总会照进现实！

温馨提示：

购买叶冰伦新书《微光》，
拍下书后赠品里的抽奖券，
登录新浪微博上传抽奖券照片
@merry西小洛 @魅丽优品，
即有机会赢取西小洛转型之作
《后来我们还剩下什么》
人气经典新品一本。

新品街

青鸟飞过荆棘岛

微情书点评时间

继3月发布微情书活动后，来自全国各地男女老少反响激烈，被情书砸晕的菜菜酱直呼好浪漫好幸福（众人：你够了，又不是写给你的），起初我还以为大家都是写给自己心目中的那个他/她，结果除了写给闺密，竟然还有不少读者写给咱们魅优这个大家族，啧啧，看来大家对魅优都是真爱啊！

好了，接下来是各位作者的点评时间啦！

@魅丽优品：v

春风再美也比不上你的笑，没见过你的人不会明了。

锦年：美过人间四月天的，大概就只有你了。

夏桐：简练又押韵，可是叶大，『官微』君怎么跑进来了？

叶冰伦：我也不知道（摊手），不过这句情书很像歌词……

@SeaC 杳然无声

痛的回忆走过去了会觉得前路美好，好的回忆走过去了就成了脑子里的荆棘。现在我们的回忆那么美好，会不会在将来，我想想你的名字心里都会发涩？

锦年：比起将来心里发涩，现在的我也无法做到把那美好的你推得远远的。

夏桐：有点悲伤。不过这样的情感在大家恋爱时是都会有的吧。

叶冰伦：正是因为有了这两种回忆，我们的人生才变得如此饱满吧。

@痴吃的阿五： V

喜欢你笔下的苏戈说过的一句话，认识的时间不长，却有一种认识了几辈子的错觉；喜欢你所塑造的人物，奇葩却又可爱的萧宝贝，执着敢爱的白喜，将爱卑微藏在心里的姜若歌……这些美好与伤痛，熟悉得如同在自己身上一般。你说你信奉爱情，坚信会有王子牵着你一起走向美好的未来。我也是。

锦年：这位阿五同学绝对是夏桐的真爱粉啊。文笔也很棒，要不要也来写稿呢？

夏桐：要说看到这段话不开心是假的，我才知道原来"甜筒"们这么有才！快来羡慕我！

叶冰伦：文风有点像锦年，笔触清新真挚，很温暖的情书。

@陌陌轩染： V

致闺密：我的脾气不好，可你依然对我不离不弃。我错过了很多很多的人，最后遇见你，这是我最大的福气。我愿意下辈子落魄坎坷，只愿这辈子我们在一起。虽然明白有些话说得太早，当一切化成零时真的可笑，可我还是想说：我爱你我的好闺密，让我们不离不弃，一直一直在一起。

锦年："我愿意下辈子落魄坎坷，只愿这辈子我们在一起。"好感人，这句！

夏桐：谁说要防火防盗防闺密了？这个世界，还是好闺密多啊！

叶冰伦：虽然有些语病，但还是不妨碍这封情书打动你的心。

@ZJQ_大大周 V

你完美的侧脸在我脑海回荡，你安静弹吉他的样子，让我深深着迷。不止一次在梦中见到你，你存在我的内心深处。你是个坚强的男孩，坚强到我走不进你的心。我远远看着你，看着你漂亮地打篮球，看着你偷偷打瞌睡，看着你在大树下闭眼沉思，这一切的一切也只有我知道。

锦年：少女心满满的一封情书啊！我喜欢！

夏桐：没错，想当年我也这样暗恋过一个会弹吉他、爱篮球的男生。

叶冰伦：少女小说必备的情节，可正因为接地气才能让不同年龄、不同职业、不同地域的读者都产生共鸣吧？

第一期点评结束啦，
大家是不是看得还不过瘾？

想看叶冰伦精准又犀利的点评吗？

想看锦年和你一起聊聊成长路上的悲欢吗？

想看夏桐用欢笑温暖你刺痛的心灵吗？

想看其余精彩点评，请密切关注锦年重磅新作《青鸟飞过荆棘岛》（@merry-锦年、@我素菜菜酱）

互动有奖调查表

姓名：　　　　　**年龄：**　　　　　**性别：**　　　　　**电话：**

地址：

　　欢迎来到魅丽优品的新书新貌新世界！全新的改版，浪漫、诙谐、有趣，种种不同的新书预告和介绍，以多彩多姿的面貌呈现在你的面前。在未来的一年里，我们将持续且创新地在每本书后推出各种精彩新书专栏和展示不同内容，如果你喜欢我们精心创作的这份随书附赠的小小礼物，就请回复我们来支持我们吧。

♥ 你的最爱

1. 本期新书预告专栏中，你最爱的栏目是？（多选题，请在最喜欢的几个栏目后打✓）
　　新秀街　　　　　疯狂游乐场　　　　　老友记

2. 本期新书预告专栏中，你最爱的新书是？（请根据你喜欢的栏目内容标明你喜欢的3本新书）

　　_____

　　_____

　　_____

3. 本期新书预告专栏中，你最喜欢的作者按顺序是？（请列举三位）
　　_____、_____、_____

4. 本期的图和文字，你更喜欢哪一种？（二选一，在选项后打✓）
　　图画排版　　　　　文字内容

♥ 线下投票：

　　填好以上表格，将它寄回魅丽优品的大本营：
　　湖南省长沙市开福区黄兴北路89号上城金都南栋21楼　魅丽优品　市场部　收

你100%有机会得到我们送出的礼品一份。

♥ 线上投票：

　　如果不想寄信，你可以登录我们的微博和微信进行投票，也有机会得到我们送出的新书一本哦。快来扫一扫，进行线上投票吧！

| 魅丽优品微博二维码 | 魅丽优品微信二维码 | 瞳文社微博二维码 | 瞳文社微信二维码 |